角鴞與夜之王

【完全版】

紅玉いづき
IDUKI KOUGYOKU

輕文學
Light Literature

目錄

〈序　幕〉
夜之森
004

〈第一章〉
一心求死的角鴞和討厭人類的夜之王
008

〈第二章〉
追求幸福的門檻
034

〈第三章〉
煉獄之花
053

〈第四章〉
救出Ⅰ
087

〈第五章〉
溫柔的忘卻
122

〈第六章〉
夜之王的刻印
148

〈第七章〉
騎士與聖女
182

〈第八章〉
救出Ⅱ
220

〈尾　聲〉
角鴞與貓頭鷹
253

〈外　傳〉
鳥籠巫女與聖劍騎士
259

〈後　記〉
364

序幕 夜之森

當樹木在黑暗中騷然躁動，角鴞的心中也感到不寒而慄。

要將暗沉沉的周遭一言以蔽之說是黯淡無光，其實也不盡然。大得不切實際的月飄浮在夜空之中，甚至讓人感到過於明亮。然而，這樣的月光一方面反而加深了夜色，白天蓊鬱青翠的森林，在暗夜之中彷彿正可怕地蠢動著。

「嗚！」

感受到一陣刺痛的角鴞，不禁高喊出聲。只見手背上橫過一道鮮紅的傷痕，大概是被嫩枝割傷了。裸露在外的肩膀以及腳背也同樣有了幾處傷痕。

「嘻嘻。」

角鴞輕聲笑著，舔了舔自己的手背。是鮮血的味道，這個味道還稍稍鹹中帶甜。

（人的肌膚是甜甜的味道啊，不知道吃起來是不是很美味呢～）

角鴞如此想著。

即使是在這麼想著的當下，森林中的樹木以及葉片依舊擦過角鴞的肌膚，讓她不斷地出現新的傷痕。

（有這些傷痕，會讓我覺得溫暖呢。）

所以，我是幸福的。比起寒冷，能感到溫暖是更加幸福的。這樣也不錯，很不錯。

這時吹起了一陣風，掀動了角鴞枯草般乾澀的髮絲。這陣風來得很奇妙，柔柔地舞動了角鴞短短的髮絲，然而身邊的石柯樹葉卻悄然無聲，不發一語。

角鴞抬起頭，用她有點三白眼的茶褐色眼睛，抬頭看向風吹來的方向。

（月亮啊。）

有兩輪明月。

天空中已經有如此之大的月亮飄浮著，在夜空中開了個洞口；然而有比那更小，卻有著完全相同光輝的兩隻眼睛目不轉睛地盯著這邊。

雖然那副身軀隱藏在黑暗的樹葉之間，角鴞完全無法得知到底對方在樹上作何姿態。然而

——

（好美。）

那是令人背脊發涼的俊美容貌。雖然幾乎看不見對方的表情，但是角鴞知道對方具有令人不

寒而慄的凜然美貌。角鴞的臉頰被牽動，然後嗤嗤地笑了出來。她感到俊麗男子盯著自己看，是件很好笑的事情。

（是不是男人呢？是不是人類呢？）

算了，這都無所謂。

（不知道他願不願意吃掉我？）

角鴞試著把手向上伸了出去。雖然搆不著，但不打緊。有什麼關係，月亮還不是遠在天邊，無法觸及呢。

「喂，喂，英俊的大哥哥～」

角鴞盡力大聲說道：

「你願不願意吃掉我呢……？」

兩輪明月晃動了一下。角鴞心想，看起來簡直就如同映照在湖面的月亮啊！

角鴞感到心裡怦通怦通地跳。

「走開，人類！」

對方發出了有如雷鳴一般異常低沉的聲音。漆黑的暗夜騷然撼動。

角鴞聽到了對方的聲音，感到欣喜無比；總之，她開心地笑了。

（好幸福。）

角鴞心想。

「走開，人類。我不喜歡人類。」

不喜歡、討厭人類。這點和角鴞不謀而合，角鴞也厭惡人類。比起月亮或者湖泊、橡果，她更厭惡人類。

「你放心啦，我不是人類～」

她儘可能地張開兩隻手臂，鎖著手腕的鎖鏈鏘啷鏘啷大聲作響。

「我是家畜啦──所以說，吃掉我嘛～拜託啦～」

角鴞開心微笑著向對方要求。

漆黑的暗夜騷然而嘈雜。

月亮一閃一閃地發出光芒。

第一章

一心求死的角鴞和討厭人類的夜之王

遠方的鳥鳴讓角鴞醒了過來。角鴞覺得之前照在她身上的光似乎突然被遮掩住了，因此眨了眨眼。

「是否已醒來？是否已醒來？人類之子，人類的小女孩？」

耳邊響起有如雷鳴般的聲音。那是破鑼一般，很難聽懂在說些什麼的嗓音。

（人類的小女孩。）

彷彿條件反射一般，角鴞的嘴角放鬆，露出笑意。

「我不是人類——是角鴞——」

角鴞一派輕鬆地回答，彷彿只是在回答夢中的聲音。

「哦。」

這下子耳邊響起啪沙啪沙的聲響，聽起來像是蝙蝠的振翅聲。

「妳不似其他人會發出淒厲慘叫，實屬不易。以人類而言，還頗知禮儀。」

「慘叫？」

角鴞一邊用掌心按壓似地揉擦雙眼，一邊像隻笨鸚鵡般重複他的話。

「妳並未因見著我的模樣，便誇張地發出慘叫，我只是對此事感到佩服。」

被他這麼一說，角鴞這才抬起臉注視聲音的主人。

然而以極近距離盯著角鴞看的這東西，並無法完全容納在角鴞的視界之內。在有著三白眼的角鴞眼中，他的軀體比身邊眾多巨木的枝幹還要龐大。而這個將角鴞的視野整個遮覆住的軀幹，是帶著藍色的黑色。他有著一雙蝙蝠般的翅膀，就身體來說雖然像是人類，但是只有軀體的肌肉發達壯碩；而且還很奇特地，兩側突兀地各長出了兩隻臂膀。

生長出他的頭上乳白色的頭角，嘴巴則有如熟透的石榴果子迸裂開似地大張，看得見嘴內泛黃的牙齒和紅色的舌頭。只見嘴邊的紅色格格不入，異常醒目。他有著像玉米鬚般的鬃毛，卻不見眼睛到底長在哪裡。

確實是會教人心生恐懼的異形，但是角鴞卻不覺得害怕。對角鴞來說，還沒有任何東西會讓她懼怕。

「……魔物？」

角鴞輕輕地歪著頭問了一句。

「沒錯。」

異形以撼動空氣般的聲音說，並且點了點頭。接下來角鴞便乘勢問他：

「那你吃不吃我？」

「不吃。」

異形立刻做了回答。「哼，什麼嘛，好失望哦——」角鴞噘著嘴說。

昨晚原本希望能被俊美的大哥哥吃掉，他卻不吃；這回的魔物外觀看起來更有可能會吃掉自己，原本很期待的呢。

「人類的小女孩，妳想被我吃掉嗎？」

「想～想～想得要命～不過我不是人類的小女孩～我是角～鴞～」

角鴞讓雙手雙腳上的鎖喀鏘作響，無理取鬧般地說道：

「為什麼～為什麼～為什麼不吃我～」

角鴞咚咚咚地用拳頭敲打著魔物堅硬的肌膚，以表達她的抗議。但是她的手腕無力，魔物的身體絲毫不為所動。這時魔物稍微轉過身，他的身軀突然晃動起來。

「咦？」

接下來，角鴞看見原本彷彿樸素民家般高大的魔物，變成了大概只比雞大不了多少的體型。

魔物的身體晃動了一下，便拍起翅膀浮到半空中，視線和角鴞相對。

接著說道：

「此森林中的耶里原本便不大吃人，就算妳再如何要我吃掉妳，我亦無法照做。」

角鴞一瞬間停下了動作。她對耶里這個名稱有印象，在記憶中的某處，曾有人這麼稱呼魔物。魔物用破鑼嗓子做的說明仍然說服不了角鴞。雖然角鴞聽得懂他話裡的意思，然而那種說法，在她聽來彷彿從來沒聽過的異國語言一般。

彷彿從未聽過的語言一般。

「為什麼？」

是因為他比角鴞小很多嗎？或者是因為會吃不下而剩下來嗎？如果是昨天那個大小的話一定就剛剛好了吧……角鴞一邊想著這些一邊問魔物，這時魔物回答她：

「要說為何，要說為何，究竟為何？妳已為夜之王所見，然至今仍安然無事。既是夜之王放過之物，我自不可對妳如何。」

「野之王？」

「是夜之王。夜之王具月之瞳，為此森林之絕對支配者。」

魔物說這些話時有如咀嚼一般，連言詞之間也透著敬畏的心。角鴞聽到這種說法抬起了頭。

「啊——是那個英俊秀麗的年輕哥哥！」

她笑容可掬地接話。沒錯，是月之瞳；角鴞到現在還記得，晶亮閃爍，真的很好看。

「那個年輕哥哥怎麼了？」

「妳未被夜之王吃掉，是否屬實？」

「嗯。」

角鴞原本再三要求，對方卻不吃她，因此就在樹根處睡著了。地面上的泥土和水的味道，讓她能夠輕易入眠。

「如此一來妳將不會被此森林——夜之森中的任何魔物吃掉。」

魔物如此斷言。

「哦。」角鴞點點頭。雖然不太能理解，但是總而言之，似乎就是因為那個人沒有吃掉自己，因此再也不會有任何魔物會願意吃掉她了。但是這樣一來就糟了。角鴞就是希望被吃掉，才好不容易來到這裡的。

「那～還是讓那個人吃掉我吧～」

角鴞搖搖晃晃地站了起來。然而因為睡姿不當，淤血的腳發青發麻，角鴞再一次如同果實落地般跌回樹根上。

「妳在做什麼？」

「我還是再睡一下吧，我再睡一下你會不會生氣？」

「我不會生氣，但……」

魔物說道，並且降落在角鴞眼前。

「汝真是奇怪。」

「奇怪嗎？不，我可能真的有點怪。但是，我不叫汝、妳什麼的，我叫角鴞啦！」

「角鴞，乃屬夜晚之鳥名。」

「嗯，對啊。」

「好名字。」

被魔物這麼一說，角鴞感到很不好意思，害羞地叫了聲「呀～」後，嘻嘻地笑了。她心想，活到今天從來沒有感到這麼幸福過。

「魔物先生，你的名字呢～」

「──・──」

魔物回答角鴞。

「嗄？對不起，再講一遍啦～」

「再說一次也無濟於事，魔物之名非人類之耳所能聽取。」

「那麼～我該叫你什麼呀～」

「隨妳高興怎麼稱呼，人類不正是喜好命名的生物嗎？」

魔物如此說道，並且交叉起長在身軀上面的雙臂。

「嗯……」

（但我不是人類啊。）角鴞心裡一邊如此想，並且稍作思考。但是，她無法做深刻的思考，呵呵地笑著說道：

「那就叫你庫羅*註1，行不行？」

「庫羅，此乃夜色之名。」

庫羅點了點頭。他似乎很中意這個名字，因此角鴞嘻嘻地笑了。她一邊笑著，慢慢地直起上半身。

「角鴞，妳為草木割傷，流血不止。」

庫羅用長在身軀下方的左手指著角鴞的臉頰說道。「哦，這樣啊～」但是角鴞只是輕描淡寫地回答他。因為角鴞知道，如果照他所說的去觸摸傷口，一定會有多餘的細菌侵入而令她疼痛。角鴞身上四處都是泥巴，滿是傷口。

等角鴞抓住身邊的小樹枝站了起來，庫羅便站到她的頭頂上。很不可思議地，角鴞感受不到他的體重。

「角鴞。」

「嗯～」

「妳額頭上之數字是否為咒語？」

「哦，這個啊～」

角鴞如此說著，拍了又拍自己的額頭，像是給自己加油打氣。從她褐色的頭髮之間隱約看得見額頭，上頭有三個數字。

角鴞誠實地回答魔物道：

「三百三十二號——」

「所以，究竟為何？」

「是角鴞的號～碼啊！」

註1　日文的黑色之意，發音為ＫＵＲＯ。

「嗯，我聽而不解。」

庫羅的回答也很誠實。

「生氣啦？」

「我並未生氣。」

庫羅靜靜地回答角鴞。角鴞心裡依舊怦通怦通地跳著，她覺得自己好像在作夢。從剛才開始就一直有奇妙的感覺，耳朵裡聽見的好像都是沒聽過的語言。

「喂，庫羅啊，有點怪怪的耶。」

「何事？」

「你為什麼對我這麼『溫柔』啊？」

角鴞赤裸的雙腳踏在樹葉和草地上，她質問魔物。她腳掌的皮膚已經相當粗糙硬實，一般的碎小尖石也割傷不了她的肌膚。

「我對妳溫柔？」

庫羅反問角鴞。

「對啊，好溫柔喔。」

角鴞一邊咯咯地笑著說道。此時她腳上的鎖鏈鉤住了樹根，角鴞險些跌倒。

「哇！」

然而，她並沒有面朝下猛撞向地面。隨著「砰」地一聲奇妙聲響，角鴞向前傾倒的身體如彈簧一般彈跳回來，還差點向後倒了下去。

「哇、哇、哇！」

她趕緊站直了身軀。

總算是維持住沒有跌倒。雖然角鴞並不太清楚到底發生了什麼事情，但是耳邊傳來「嘎嘎嘎嘎」的聲音。

「方才所為或許稱得上妳所謂的『溫柔』吧。」

原來是庫羅發出的笑聲。

「剛才是庫羅做的？」

「正是，正是正是正是正是！」

「為什麼？」

角鴞停下腳步，轉動眼珠朝上看著庫羅。角鴞的視界只能看見站在她頭頂上的庫羅的翅膀。

「需要理由？原來如此，人類是這般生物啊。」

面對庫羅的話，角鴞緩緩地搖了搖頭；她小心翼翼地注意著不讓頭頂上的庫羅落下。

「我是角鴞，所以是不懂人類是怎麼樣啦，但是很想知道為什麼耶。如果有什麼能讓人對自己溫柔的方法，我也想知道啊！」

只聽見「嘎嘎嘎嘎」的聲音，那似乎是庫羅的笑聲。

庫羅突然從角鴞頭頂上降落下來，出現在角鴞的眼前說道：

「我想要獲得知識。」

「知識？」

「我喜好吸收新知。關乎人類，我讀再多書卻仍全然未得理解。妳是人類，我正在觀察妳。」

角鴞眨了眨眼，思考著庫羅說的這番話。

（他沒有眼睛，到底要如何看書呢？）

哦，不對。

（庫羅想要知道人類到底是怎麼樣的生物，而我是人類。因為我是人類，所以他對我很溫柔。）

這個嘛……角鴞絞盡腦汁地思考。

（那麼，我不要再對庫羅說我不是人類好了。）

「庫羅，我知道了！真令人驚奇耶。」

「哦，角鴞啊，妳理解了何事？」

庫羅回到角鴞頭頂，饒富興味地問她。

角鴞回答他道：

「就算我是人類，仍然有人為我高興呢。真是驚奇耶！」

角鴞開始走動，並且一邊注意著不要讓腳上的鎖鏈鉤到樹木枝葉。啪噠啪噠地，魔物在她的頭頂上發出了拍振翅膀的聲音。

「……雖然我並不是人類。」

庫羅用著深思熟慮的口吻說道：

「但是角鴞，妳果真奇怪。」

聽庫羅這麼一說，角鴞嘿嘿地笑了。

她感到相當幸福。

人稱「夜之森」的這座森林，四處的綠意讓人彷彿要窒息一般，四處皆形成黑暗叢聚。偶爾會聽見彷彿鳥類振翅的聲音，但是抬頭仰望，也不見有類似動物的蹤影。雖然似乎也聽得到遠方有不知為何物的呼吸聲，但是角鴞始終未能將魔物的身形捕捉進眼裡。

庫羅挺身而出，自願引領原本打算獨自前行的角鴞。角鴞對這一點也感到無比的驚訝，但是角鴞仍然無法將感受巧妙地化作言語表達出來。

角鴞頭上頂著庫羅，在森林裡前行。唯有腳上的鎖鏘鏘地發出莫大的聲音。

「……好像沒什麼魔物嘛。」

角鴞感到與她想像中的魔物之森有很大的差距，喃喃說道。

「嗯，因為我們是走在沒有什麼魔物的路途。」

頭頂上的庫羅如此回答角鴞。

「這一帶的河邊，魔物不輕易於白日現身。」

「哦，是這樣啊。」

角鴞原本左右搖晃著身體前行，但是走近河邊時，便突然蹲下來將手伸進河水裡。她一邊感受流水的冰冷，一邊再三搓洗雙手。流過這座蓊鬱森林的河水，異常地透明而澄澈。角鴞這時沒有任何預警地將臉浸在河水裡。

庫羅在角鴞耳邊慌慌張張地拍起翅膀。

「角、角鴞！」

「噗哈！」

角鴞讓水弄溼了臉和瀏海，她抬起臉。

「庫羅，對不起——」

角鴞以粗暴的動作抹過嘴角，並且用呆滯的音調說道。「嗚，臉碰到水好痛！」角鴞說著，皺了皺眉頭。

「原來妳是在喝水。」

「是啊。」

「倘若會滲進傷口，以手掬起飲之便無礙。」

被魔物這麼一說，角鴞彷彿此時才察覺似地凝視起自己的手。皸裂並且浮起手筋的手直到剛剛還被搓洗著，因此還是溼的，閃著水光。

「咦？」

角鴞反覆著握拳並且張開手掌的動作。

「嗯……」

角鴞微微地傾著脖子，突然站起來說道：

「走吧!庫羅。」

雖然沒有回答，但是庫羅「嗯」地小聲嘀咕了一聲，又站到角鴞的頭頂上。角鴞似乎將之前與魔物的對話忘得一乾二淨，改變聲調說道：

「直走便是，只是……」

「夜之王在哪裡啊~」

這時庫羅拍了拍翅膀，將臉湊近並注視著角鴞。

「角鴞，妳當真要去？」

「你說的當真要去是什麼意思啊？」

沒聽懂意思的角鴞，笑著反問庫羅。

「夜之王不是要妳走開嗎？妳若再度出現在他面前，我不保證妳能保住性命。一旦觸怒他，將會瞬間化為灰燼，或溶為水。」

「會被吃掉嗎？」

角鴞興致高昂地問庫羅。

混濁的三白眼也綻放出光芒，角鴞是真心誠意期盼著「被吃掉」這件事。

庫羅緊盯著角鴞的眼睛，抬起了右上方的手臂。

「決定權在於妳。妳就去吧，角鴞。若有機會，若命中註定，若被世界所接受，我們會像這樣再度相逢。」

「庫羅不一起去嗎～」

面對角鴞的問題，庫羅笑著說：

「因為我並未被邀請。」

是這樣嗎？角鴞心想。她也覺得，或許真是這樣。

角鴞心想，她能了解庫羅所說的沒被邀請就不前往的感受，然後笑了起來。

「那麼，我這就去找他啦！」

深綠色的森林開了一個洞口，但是角鴞心中毫不畏懼。她獨自邁開步伐，向森林前進。

角鴞留下庫羅在原地，腳上的鎖鏈鏘鏘作響，她毫不遲疑地向森林深處邁進。對於庫羅不能陪她前往，角鴞並不覺得有什麼值得擔憂不安之處。角鴞在抵達這座森林之前，就是一個人走過長長的道路。在此之前，角鴞一直盼望能夠獨處。

鎖鏈發出聲響，她邁步前進。長春藤纏繞在樹木之間，角鴞奮力地硬闖過有如牆壁一般的障礙，這時突然開出了一條蹊徑。

「哇……」

角鴞禁不住讚嘆道。

森林的正中央有一幢幾近腐朽的宅邸。不過，吸引角鴞目光的並不是那幢宅邸。而是坐鎮門扉之前，比烏鴉的翅膀還要光滑美麗的巨大漆黑羽翼。

那對羽翼緩緩地晃動了起來。

在這裡，角鴞第一次於光線中與夜之王面對面。

從枝葉間透出的陽光，映照出人稱「夜之王」的魔物身軀。

角鴞的喉頭不禁發出聲響。她的臼齒無法咬合，喀喀地抖動發出細微的聲音；角鴞從腳底開始發抖，身體彷彿麻痺了一般地搖晃。

然而她是無從了解的。

她無法理解什麼是畏懼和膽怯，角鴞已經不具備感受這些的神經迴路。

「……啊～」

她半張著嘴，發出不成句子的聲音。

「啊……」

說什麼好呢？到底該說什麼才好？

（對了，求他把我給吃了。）

必須告訴他才行。

正當她如此想的時候。

「為何來此？」

夜之王微微牽動了薄唇，嘴吐冷冰冰的話語。夜之王的聲音聽起來彷彿像裸露出的尖刃，堅硬冰冷。

夜之王的眼睛瞪著角鴞，一般人想必會為如此凜冽的眼神所凍結；然而角鴞只是感到些微的訝異，接下了夜之王的目光。

（咦咦？）

她眨了眨眼。

（是銀色的。）

昨晚夜之王的眼睛顏色確實和天上的月亮相同，而今卻閃耀著皎潔的銀色光芒。

（是月亮的顏色。）

然而，角鴞心中想道：

（那是白晝月亮的顏色啊。）

和記憶中夜之王的眼睛不一樣。但是，角鴞不認為另有別物；她確信在那裡的是小小的月亮，是同樣的光輝。

「好漂亮哦。」

角鴞小聲地喃喃說道。夜之王似乎聽不慣她的話，不快地皺起了眉頭。角鴞心中覺得，夜之王從眉目間到臉頰上類似刺青的複雜紋路也非常美麗。

「退下。回到妳所屬之地。回去。人類的小女孩。」

夜之王的話裡甚至透露出殺意。

但是角鴞毫不猶豫地回答夜之王：

「我沒有地方可回啊！」

角鴞朗聲說道。在角鴞之前，從來沒有一個身為弱者的人類，向夜之王發出如此高昂而不帶敵意的聲音。

「我沒有地方可回啊。打從一開始，角鴞就沒有自己的歸處……」

因為在那裡只有被毆打的記憶，因為「村子」裡的人們一直傷害、弄痛角鴞。她不想承認那樣的地方是自己的歸屬。

角鴞希望再也不用回到任何地方。

「喂～喂，不要說我是人類嘛。我是角鴞，是角鴞啊～」

角鴞高聲喊叫，此時她覺得頭暈目眩。這明明是常有的事，卻讓角鴞站不穩，兩膝著地，肩膀朝著地面墜落。

「求求你吃掉我啦～」

視線漸漸轉變成灰色，角鴞一邊動嘴吐出話來，一邊心裡想著，或許不得不睡覺才行。雖然她想要就這麼繼續誠懇地請求夜之王，但是身體不聽使喚，非得需要睡眠不可。不知是誰的聲音說，體內因為缺乏許多物質而嘎吱作響，所以非得睡覺才行。

哎，奇怪，怎麼會這樣？我明明喝了很多水。

「吃我嘛，夜之王……」

角鴞倒在草地上，仰躺著伸出她的手。兩輪銀色的白晝之月注視著這裡。

「拜託你啦，吃、掉我吧……」

手腕上的鎖鏈實在是太沉重，伸出去的雙手也不支落地。

睡魔襲來，彷彿沉沉地要墮入泥沼一般，角鴞卻還是只想著白月以及夜之王的眼睛很美，然後閉上了眼睛。

不過，我還想再醒過來啊。

在意識漸漸模糊之際，角鴞心裡想著。

雖然在此之前，角鴞每每入睡的時候，都總是想著「希望一睡不醒」才入睡。

然而看著兩輪月亮，不知有多久沒這麼想過了。角鴞此時心想，能再醒過來也不錯。

角鴞感覺到有人呼喚她的名字，因此輕輕地張開了眼睛。

正當她想著黃昏了，因此天空一片紅暈的那一瞬間，有東西從上方紛紛落下。

「哇！」

她不禁發出了彷彿青蛙被壓扁的慘叫聲。

抬起上半身看到那些從天而降的東西，角鴞瞪大了眼睛，彷彿眼珠子都要從眼眶中掉出來的程度。

有木通果以及山葡萄，還有似乎從來沒見過的顏色鮮豔的水果。

從天空中大量落下的，就是這些東西。

角鴞半張著嘴仰起了臉。原來是庫羅，啪噠啪噠地背對著淡紅色的天空。

他的大小就如同他們分開的時候一樣，是連角鴞也能輕鬆擁入懷中的身軀。

「庫羅！」角鴞揚起了聲音，然後依舊不知所措，不自在地動了動手臂。

「呃，那、那個……這是什麼？」

角鴞指著掩埋起自己的那些水果，向庫羅詢問。

「妳問我？就如妳所見呀。」

庫羅上面的雙手中抓著活生生的魚，他將其中一隻和自己身體差不多大小的魚拋向空中，吞入他石榴般的嘴巴裡。他的吞法猶如魚又沒入水之中一般。並且說道：

「妳餓著肚子吧？角鴞。」

「呃、呃、呃……」

角鴞更慌張了。

「咦？這些……都是給我、我的？」

她指著水果說道。

「嗯，人類是如何處理魚類呢？」

庫羅說著，並且降落站在角鴞身邊；他抓住一枝樹枝，巧妙地刺起了魚。

庫羅在空中彷彿畫起巨大的圓一般甩了幾次魚，一瞬間，火焰突然包住了魚。在角鴞仰著身子驚訝不已的同時，火勢眼看減弱，只聞到烤魚的香氣四溢。不可思議的，庫羅所持的樹枝部分完全沒有燒過的痕跡。庫羅看著烤好的魚，滿意地點點頭說：

「拿去。」

他將這條魚朝角鴞遞了過來。

「呃、呃……」

角鴞反射性地接受了烤魚，然而，角鴞彷彿還在夢中，完全搞不清楚狀況；雖然搞不清狀況，但是她還是立刻吃起被遞過來的魚。此時，她的本能勝過思考，貪婪地大啖烤魚。雖然內部可能還是半生不熟的，但是在吃的過程中，角鴞完全不記得那味道究竟如何。

因為，真的不知道有多久沒進食了。我曾經吃過這種東西嗎？角鴞腦裡掠過這樣的話語。

「角鴞，讓我告訴妳一件事，死魚絕不會逃走的。」

庫羅啪噠啪噠地拍著翅膀說道。角鴞將一整隻魚連眼珠子全部都吃了下去，嘴角上零星沾著烤魚的碎屑，再次問庫羅：

「咦？庫羅，你為什麼在這裡啊？」

角鴞轉頭環視四周，這裡仍然是夜之王的宅邸前方。夜之王不知上哪裡去了，看不見他的蹤影。但是，庫羅並未陪同自己前來這裡不是嗎？她心想。

對於這樣的質問，庫羅「嗯」了一聲，交叉起上方的兩隻手臂說道：

「關於這件事，我也很難有確切的判斷。」

然後，庫羅又飛浮起來，砰、砰地敲了敲角鴞的頭。

「到底是命運接受了妳，還是夜光之君允諾了妳？我實在很難判斷。正因如此，角鴞，我問妳——」

角鴞眨巴眨巴地眨了眼睛。

庫羅問角鴞：

「角鴞啊，妳不畏死亡而希望待在這裡嗎？」

「什麼？我可以待在這裡？」

角鴞萬般歡喜地提高了聲音。

「欸欸，庫羅！角鴞真的可以留在這裡嗎？」

「我無法保證妳絕對能獲得幸福，也許明天妳就會被殺。即使如此妳也願意？」

聽到這番話，角鴞呵呵傻笑，再一次撲倒在地面上。

因為角鴞一次吃了太多東西，胃開始有如針扎似地疼痛起來。

「那個啊，庫羅，我跟你說喔～」

角鴞一邊傻笑著，向上伸出了雙手。

她手上的鎖鏈如在唱歌般地作響。

「我最大的幸福，就是被夜之王吃掉嘛～」

角鴞嗤嗤地笑著，彷彿真的很幸福般地這麼說。

一心想死的角鴞，輕輕地從喉頭發聲喃喃說道：

「啊～我幸福得好像快要死掉了。」

一心想死的稚嫩少女說著，然後笑了。庫羅「嗯」地微微點了一下頭。

「可悲的傢伙。」

他很小聲、很小聲地自言自語道。

然而這句話對角鴞來說太艱深了。她因為不了解，「嘿嘿」地輕笑掩飾著。

「庫羅。」

「角鴞，有何事？」

「夜之王好美啊！」

角鴞帶著幸福的神情說著。這時，庫羅則以一副「事到如今還提這個」的口吻說道：

「那是當然的，因為他是夜之王。」

角鴞聽到他這麼說，又從嘴裡發出嗤嗤的笑聲。

魔物出沒的森林中，夜幕低垂。

角鴞抬頭凝望天空，心不在焉地想著：啊，夜之王的眼睛是不是又轉變為金色了？

所謂的幸福是不是就像這樣？

角鴞心裡一邊想著。

第二章 追求幸福的門檻

即使是身型高大的成人使勁伸展雙臂，也碰不到其中一扇窗沿的兩端。明亮的陽光從這般異常巨大的凸窗照射進來，映照在紅色的絨毯上。

廣大的室內裝飾著奢華的繪畫，其中有兩名男子相對而坐。

「將軍囉。」

年紀尚輕的青年，「喀」的一聲用他修長的指頭移動白色的主教棋，輕聲說道。

在陽光和巨大吊燈的光線下映照得閃閃發光的，是這名青年一頭美麗的金髮。他雖然擁有精悍的體格，然而那雙溫柔的藍眼睛卻還保有少年般的神色。

面對著他坐在做工精美的椅子上的，是一名灰頭髮、剛剛邁入老年的男子。

男子以他那與頭髮同為淡色的眼珠，在棋盤上瞄了一下。他移動大理石削成的黑色城堡棋，絲毫不受威脅地拿下了對方的主教。

「對了，聽說柴．卡恩屬下的公國和塞奇利亞互結同盟了？」

青年輕輕地推動士兵棋。

「你是聽誰說的？」

男子依舊頭也不抬，看著西洋棋的棋盤問道。

「前些日子在酒吧遇到的，從塞奇利亞來的旅人。聽說嘉達露西亞開港了，景象相當繁榮呢！」

青年吹著口哨，做了如此的回答。男子對這樣的答覆哼了一聲。他用皮膚粗糙的指頭，讓騎士前進。

「將軍！」

青年使用皇后巧妙地避開男子的攻勢。

「塞奇利亞還守了真久。」

「……那個國家的軍隊雖然人數稀少，但都是上上之選。要攻陷一定花費了一番功夫。」

男子板著臉說道。刻畫在眉頭上的皺紋讓人感受得到他的年紀。

「又一個國家臣服於柴．卡恩啊。」

青年喃喃自語般地說著，然後抬起臉微微一笑。他一露出笑容，便給人一種稚氣未脫的印象。

「對了，聽說傑利亞德侯爵的孩子昨天出生了。我家夫人一直在嚷嚷著要帶賀禮去拜訪呢！」

「傑利亞德夫人也平安無事嗎？」

「是啊，聽說母子均安。」

「再好不過了。」

男子依舊皺著眉頭如此說道。青年苦笑起來，覺得男子的表情應該可以再顯得高興一些才是。

移動國王棋的男子指尖，猶豫不決地晃了晃。

「……庫羅狄亞斯他還好嗎？」

面對這樣的詢問，青年很快地抬起臉，在不失禮的範圍之內忍不住小聲笑了出來。

「為什麼要問我呢？狄亞的父親不是我吧？」

「如果是我去看他，他必定會在我面前表現出活潑有朝氣的樣子。」

男子說這句話的語調裡透露著沮喪。哈哈，青年再也忍不住笑了起來。

「很好啊，就我所見到的來說。」

接著一轉，移動了一枚騎士。

「好了，將軍！」

男子瞪大眼睛，緊緊盯著轉眼間便被攻下來的國王。

他湊近臉龐檢視其中是否有什麼差錯，然而似乎理解到自己這盤棋是徹徹底底地輸了，便嘆了一口氣，將他的背靠向椅背。

「安．多克，你……不覺得應該把勝利讓給自己國家的國王嗎？」

面對男子驚訝的抱怨聲，被稱為安．多克的青年放下棋子站了起來。然後，笑著說道：

「國王陛下，我認為這份榮耀還是該歸於國家的榮譽騎士吧！」

聽到青年用開玩笑的口吻回稟，自稱國王的男子瞬間用認真的眼神說：

「那麼，列德亞克的榮譽騎士啊，你考慮過討伐魔王的事了嗎？」

青年很快地做了回答：

「我才不幹，那麼麻煩的事！」

接著，安．多克揮了揮手，笑道：「好了，國王陛下您該致力於處理政務了。再玩下去，連我都必須聽大臣的說教了。」然後打開巨大的橡木門扉走了出去。

留在原地的男子深深地嘆了一口氣說道：

「……這副德行也配稱之為聖騎士啊，這個全國最懶得帶兵出征的騎士！」

他悻悻然地喃喃自語。

這裡是首都列德亞克。距離夜之森相當近，是個綠意盎然小國的王城。剛才便是在國王私人房間內的情景。

天色剛暗，角鴞在巨木之下醒了過來。

角鴞稍稍打了個盹，然後慢吞吞地走向附近的河邊洗臉。日落將整座森林染成紅通通地一片。太陽早就消失了蹤影，只剩彷彿殘火的橘色柔和地照耀著四周。

角鴞的臉映照在小河上。

也許和光線強弱有關，那張臉看起來氣色稍微好了一些。雖然身體仍舊枯瘦得可憐，然而突出的顴骨看起來不再那麼地明顯。

差不多每隔一天，庫羅便帶食物來給角鴞。雖然庫羅表示如果角鴞要求，無論何時他都會帶食物來給她，然而角鴞並不覺得有這個必要。只要願意到處尋找，在這座森林之中多的是可以食用的食物；更何況庫羅帶來給她的食物已經十分充足，剛開始的時候，角鴞還常常因為吃太多而嘔吐。

角鴞猛地將臉浸在河裡，洗臉並且順便漱口。

角鴞的瀏海溼透，水滴滴了下來。映照在水面的額頭上，看得見往常的那些數字；從瀏海滴落的水滴，讓那些數字在河面上搖晃不已。

角鴞覺得她似乎要想起什麼來了，因此閉上眼睛。儘管她已經睡得夠多，絲毫不睏倦。很快地，角鴞抬起臉，讓鎖鏈發出聲響地站了起來，邁步向前。

在這座森林之中，角鴞沒有工作可以做。在來到森林之前，她從早到晚、甚至是通宵熬夜地工作；因為她覺得那是理所當然的，所以沒事做反而讓她感到渾身不對勁。

（去找他吧！）

只要角鴞睡膩了，而且也不想吃東西的時候，角鴞就必定會開始四處徘徊尋找夜之王。

夜之森寬廣無邊，因此有找得到的時候、也有找不到的時候。剛開始的時候雖然連方向都搞不清楚，但是經過每天例行尋找之後，角鴞似乎漸漸知道該如何尋找夜之王了。

（去找安靜的地方。）

彷彿世界上只剩下一個人存在的處所，完全聽不到別人呼吸聲的地方。

樹上。

有水的地方。

（還有漂亮的地方。）

夜之王所在之處，即便是在森林中，也必然都是這樣的地方。

角鴞從沒想過要進入宅邸裡，因為庫羅阻止過她。庫羅詳細吩咐過角鴞，闖入會使夜之王不悅，所以不要進去。

被這麼一說，便讓她失去一探究竟的想法。儘管如此，庫羅並沒有吩咐角鴞不要到處去找夜之王。

到底是怎麼一回事呢？角鴞無從理解。

角鴞讓腳上的鎖鏈發出聲響，繼續走著。很快地，周圍被黑暗所籠罩，正當月光緩緩地、靜靜地照在森林上方時——

（啊！）

角鴞在森林中一處稍微空曠的地方停住了腳步。

四周異常地寂靜，連潛藏在黑暗之中的魔物呼吸聲都聽不到。角鴞環視四周。

「啊！」

角鴞高聲喊叫了出來，是歡喜的叫聲。夜之王正駐足於巨大石柯樹的粗壯枯枝上。即使是角鴞大聲叫喊，也不見他向這邊看過來。角鴞從下方望著他轉變為金色的月之瞳。

（今天看起來也好美。）

她開始感到幸福。

「啊……啊……王啊……」

雖然已經有好幾次都如此，但是角鴞還是會對呼喚夜之王感到迷惘，會有些躊躇不前。但是她又不知道有什麼其他的方法可行。

「王啊……」

角鴞一邊呼喚，一邊來到枯木的樹根處，疲累地一屁股坐下來。今天夜之王並不是待在太高的樹木上，所以可以一清二楚地看到夜之王。她感到很幸福。

「那個啊，聽我說聽我說聽我說啊……」

角鴞大大地吸了一口氣，努力想要向夜之王訴說些什麼。因為要想打動夜之王，這是她唯一可行的方法。

剛開始她對他說自己願意勞動。

『我來汲水吧。』

這是在「村子」裡，人們命令她做的工作。然而，自己挺身而出表示自願去做，這還是頭一回。

『要不要升火？還是汲水？要埋垃圾嗎？喂，要我做什麼我都願意哦～』

什麼都願意做，做任何事都心甘情願。不要緊的，即使是要做可能會死的事情，任何事我都願意做。

但是夜之王的回答很簡潔。

『妳很礙眼。』

夜之王帶著月亮般的眼睛，用低沉的聲音如此說道。他只把角鴞當作是路旁的石頭一般看待。

（沒關係，我習慣了。）

角鴞一邊憶起夜之王的無情拒絕，一邊這麼想。她已經習慣了人家這樣對待她，所以無所謂。然而不知道為什麼，明明就是同樣的態度，角鴞覺得夜之王和「村子」裡的人們有所不同。

到底有什麼不同呢？

「我跟你說喔～我啊，名字叫角鴞，是我自己取的名字喔！」

角鴞開始傾訴。究竟是為什麼呢？明明被對方嫌礙眼了，卻一點也不想消失不見。不會再像以前、在那個「村子」裡的時候那樣渴望消失。

角鴞覺得只要她的話語能傳達給夜之王，便能夠有所發展。說出口的話應該是會震動某個人的耳膜的。如果那個人是夜之王，她便有種幸福的感覺，僅只如此。

「我本來不叫角鴞喔～我啊，在村子裡當奴隸，雖然不記得當奴隸之前的事了，但是那個時候的名字是蚯蚓。他們那時候淨是叫我臭屎啦，惡魔什麼的，我其實叫做蚯蚓（MIMIZU）。你知道蚯蚓嗎？因為牠會吃泥巴，所以村裡的人會向我扔泥巴，要我也吃下去，可是那種東西我根本就不可能去吃啊！」

角鴞咯咯地笑了。

她笑著繼續說：

「所以我就在MIMIZU後面加上『KU』的音*註2，想說人家就是在叫我MIMIZUKU（角鴞）啊～雖然這麼說，不過並不表示我會去吃蚯蚓什麼的啦～」

註2　ク的發音為KU。蚯蚓的日文為ミミズ（MIMIZU），後面加上「ク」之後則變成ミミズク（MIMIZUKU），亦即角鴞，角鴞會捕食蚯蚓。

角鴞說了這番話後，察覺自己說的話很好笑，於是「啊哈哈哈哈」地笑了。她一笑起來，臉上的肌肉彷彿痙攣一般。

「……真是愚昧。」

突然聽到這樣的聲音。角鴞聳起了肩膀並抬起臉。

因為背對著月光，無法清楚確認夜之王到底是什麼樣的表情。但她知道他那金色的眼睛正看著自己。

角鴞感到背脊在顫抖。

這種快樂幾乎讓人麻痺。

夜之王繼續說道：

「只不過是增添了『苦*註3』啊。單純叫蚯蚓的話，說不定還比較好。」

角鴞眨了好幾次眼睛。她不知道該如何是好，因此萎靡無力地笑了。

「嗯？」

臉部肌肉放鬆之後似乎就感到稍微輕鬆了一些，她將頭左右搖晃。

接著，她不經深思熟慮便說道：

「嗯～『ＫＵ』是苦惱的苦嗎？咦～可是啊，如果名字可愛的話就很幸福。就算感到苦惱，幸福不是比較好嗎？」

角鴞鏘鏘地讓鎖鏈作響，站了起來。雖然她知道，即使伸出手來也搆不著。

「喂～王啊！」

在角鴞彷彿被吸引似地呼喚之後，夜之王又開口了：

「自稱野獸的小女孩。」

他的聲音在空氣之中響起。

「妳並非魔物，我並非妳的王。」

對於夜之王所說的話，角鴞仍舊無法理解，因而感到困惑不已。夜之王說得沒錯，他只是說了理所當然的話罷了。

角鴞原本一直覺得自己不是人類。

但是，她也覺得自己不是魔物。雖然曾被人家稱呼為惡魔，但她總覺得不是那樣。角鴞還寧可自己成為魔物。她覺得如果真能成為魔物，可以靠近夜之王的身旁，那比當人要好得多了。但

註3　日文發音同樣為「KU」。

是她心想，這是不可能的事情。對於自己來說，不可能做到的事情實在太多了，她早已不知道自己能做些什麼。

「呃～」

但是角鴞依舊用她傻愣愣的腦袋思考。總之，就是不能再稱呼他為王，因為角鴞並不是魔物。

（隨妳高興怎麼稱呼。）

庫羅說過的話閃過她的腦海裡。角鴞傻傻地笑著說：

「那就……貓頭鷹！」

角鴞豎起食指說道。

「貓頭鷹！我要叫你貓頭鷹喔！」

角鴞與貓頭鷹，和自己恰成一對。不知道夜之王是接受了這樣的稱呼呢？還是拒絕？他彷彿失去興趣一般，忽地移開了視線。

角鴞很想知道在貓頭鷹視線另一端的到底是什麼。他到底在看什麼？在想什麼呢？不過，若要說視線的彼端存在著什麼，恐怕是角鴞想太多了。因為，那個時候在「村子」裡，角鴞也總是毫無理由地凝視著天空。

停止思考，讓時間停下來。

彷彿死去了一般。

角鴞朦朦朧朧地回想起那些歲月。很長一段時間，長得令人發慌的那些日子裡，角鴞明明就在那個「村子」裡，然而她的記憶卻處處褪了顏色，似乎崩毀了一般。既然記憶都崩毀了，還不如乾脆讓記憶完全消失殆盡。

「喂～喂，貓頭鷹。」

角鴞耳語般地說道：

「為什麼你不願意吃掉我……？」

好不容易才抵達這個地方。即使一步也不想再前進了，還是抱持著抵達這座森林就能成全被吃掉的這個願望，才步行前來的。

「吃掉我嘛……拜託你啦……」

這時，樹上的貓頭鷹有了動靜。抬起臉，只見漆黑的羽翼似乎要振翅飛翔，並且拍動了幾下。

（他要離開了。）

貓頭鷹總是從角鴞的面前消失。像今天這樣有能夠相處的時間，和平常比起來已經多了很多，算是很幸福的了。

但是，角鴞伸出了手，儘管角鴞知道搆不著，卻還是不由得伸出手。

（別走啊！）

很漂亮很漂亮的——夜之王。

「不要離開嘛……不要離開嘛……」

那是在下一瞬間發生的事。

角鴞的眼前突然地出現了兩輪明月——兩輪明月——她的心臟差點就要停止了。就在眼前，出現了貓頭鷹美麗的臉龐。

貓頭鷹牽動他薄薄的嘴唇說道：

「吃下人類這種東西，只會令我想吐。」

接著羽翼更形巨大，他振翅飛翔而去。

才一眨眼的功夫，下一瞬間夜之王就已經消失在黑暗之中。

地面上掉了一根純黑色的羽毛。

角鴞彷彿全身力量都被抽乾，一屁股坐了下來，抓住那根羽毛之後將雙手頂在地面上，咬了咬嘴唇。

「才不是呢……」

到底是怎麼了呢？雖然不是很明白到底怎麼了，但是她感到胸口鬱悶。

「角鴞才不是人類呢……」

夜晚的森林寂靜到連一根針掉下去的聲音都聽得見，角鴞在森林裡坐了下來，始終低著頭。胸口緊得令人難受，卻一點辦法都沒有。明明她的心，不應該再有任何感受的。

在微弱陽光透入的森林中，角鴞嘴裡吃著庫羅帶來的石榴果實，忽然問道：

「喂，庫羅。我要怎麼做，才能讓貓頭鷹吃掉我啊？」

聽到角鴞這麼說，庫羅啪噠一聲震動了羽翼。他保持著如平常般較小的身軀，面對坐著的角鴞。

「貓頭鷹？」

由於庫羅顯得很不可思議地反問角鴞，角鴞便做了說明。

「啊，是夜之王的名字啦～因為我不是魔物，他說他不是我的王。所以，我就思考著要叫他什麼，後來就決定叫他貓頭鷹了。」

「妳如此稱呼夜之王嗎？」

「嗯～我這樣叫了～」

「……嗯。」

庫羅交叉起上下兩雙手臂，擺出稍作沉思的動作。

「梟王是嗎？甚像甚像，這樣也好。」

庫羅低沉地說著，然後抬起了臉。

「角鴞啊。」

「是～」

被呼喚的角鴞做了回答。說起來這才發現，至今沒有任何人將角鴞稱做角鴞。庫羅雖然不是人，但是比起人類要來得棒多了。

接下來，庫羅緩緩地吐露出話語：

「妳也許並未察覺，然而妳於諸多事情上獲得允許。」

「允許？」

角鴞好奇地歪了歪頭。「正是。」庫羅點了點頭。

「那麼，角鴞啊，妳就前往宅邸吧。」

「宅邸？你說的宅邸是貓頭鷹的嗎？我真的能去那裡嗎？」

「原本是不被允許的，妳有可能會惹火夜之王。」

然後，庫羅便發出聲響飛起來，猛地將自己的視線和角鴞相對。

「雖然不得允許必定會被殺，但若得到允許，或許有所不同。角鴞啊，妳連死亡亦不畏懼，而今又何懼之有？」

雖然庫羅說話用詞艱深，但是角鴞聽懂了他想說什麼。

對啊，角鴞從一開始就希望被殺，被吃掉是她唯一的願望。那麼，如今又有什麼好懼怕的呢。

「……我走了～」

雖然迷迷糊糊的，但是角鴞仍然放下吃了幾口的石榴，開始邁步前進。她走向貓頭鷹的宅邸。

角鴞原本留下庫羅而邁步向前，但是忽地回頭問庫羅：

「可是，庫羅你為什麼願意告訴我這些事情？庫羅的國王不是貓頭鷹嗎？」

角鴞想到，做出令貓頭鷹、也就是國王不快事情的魔物，不是會挨罵嗎？

「的確。確實如此啊，角鴞。」

庫羅一邊緩緩地拍著翅膀一邊說著：

「我盼望夜之王的幸福，然而究竟有誰能理解。」

庫羅的這句話彷彿是戲劇的台詞一般，角鴞聽不大懂。

「究竟有誰能理解，這位國王的幸福到底在何方？」

幸福其實是很簡單的事呀。

角鴞默默地這麼想。

第三章 煉獄之花

老舊宅邸的門扉只需稍微用力推，便發出「嘎吱」聲響，迎接不速之客的到來。
這棟宅邸異常地寬廣。天窗緊閉，四周一片昏暗，散發出老舊乾燥木材的味道。
角鴞環顧四周，然後開始爬上嘎吱作響的階梯。
角鴞觸摸階梯的扶手才發現，指尖沒沾上一點塵埃。雖然宅邸內部陰暗，不過似乎並非只是任憑其腐朽下去的那般老舊。
爬上階梯頂層。在長長的走廊盡頭，有扇門稍微開著。從該處透出非常明亮的光線，角鴞彷彿受到吸引般地推開門扉。
「哇啊……」
角鴞被其中的光景震懾住。
大大的窗戶敞開著，射入的光線簡直和夜之森毫不相稱般地明亮。
這道光線照出了直立掛在牆壁上，極為巨大的繪畫。這幅畫以綠色和藍色為基調，描繪著夜之森的樣貌。這幅畫絕非寫實畫作，但是一眼就能看出畫的是什麼，足以稱得上是幅名畫。牆上一幅接著一幅，盡為巨大而美麗的繪畫。

（就是這個！）

彷彿從神那裡得到啟示一般，角鴞突然明白了。

原來貓頭鷹視線前方凝視的，就是這些畫。

多麼美的畫啊！多麼莊嚴，多麼無窮無盡的寂靜啊！貓頭鷹眼中所見的世界，是多麼地美麗。即使是角鴞，也並非未曾見過能稱為名畫的繪畫。雖然角鴞並沒有近距離觀賞過那些畫，但因為角鴞之前所在的「村子」是盜賊的村落，因此在搶奪來的物品之中，不乏能稱得上是名畫的商品。

然而在此處的這些畫和那些畫作全都不同，比任何畫都美麗。不知道這些畫用了什麼樣的顏料，畫的表面泛著奇妙的光澤，彷彿其中的景色本身都有生命一般。

角鴞忍不住伸出了手。

就在她要觸碰其中一幅畫的那一瞬間——

「別碰！」

這句話有如利刃，彷彿要將角鴞的身體劈成四分五裂。角鴞顫抖著肩膀，回頭望去。

站在那裡的是貓頭鷹。

「啊……」

「妳在做什麼？」

很顯然地，他的話語明確地充滿憤怒的情緒。

角鴞的背脊忍不住地戰慄。她感受到的是本能所產生的恐懼，是打從出娘胎之前就知道的東西。

然而角鴞不覺得有什麼大不了。對她來說，已經沒有什麼好懼怕的。

「畫……很美。」

角鴞只說了這麼一句。即使貓頭鷹在生氣，她想，那也無所謂。

如果貓頭鷹能殺了她並且吃掉她，那就再好不過了。

貓頭鷹無聲無息地走向角鴞。然後，他的手伸了出來，攫住角鴞的頭部。

（如果要死掉的話，不留下任何形跡才好。）

角鴞閉上了眼睛。沒有臨死之前走馬燈的迴轉，只是像墮入黑暗之中一般，角鴞輕輕地任憑意識遠去。

感受到身體的重量，角鴞萬般困難地張開了眼瞼。不知是因為感受到重量才醒了過來，或是因為醒了才感受到重量。待她睜開雙眼，才知道原來是巨大身軀的庫羅正湊近過來瞧著角鴞。角鴞和擁抱著她的庫羅四目相視。在他背後綿延的依舊是深綠色的森林，而不是貓頭鷹的宅邸。

「角鴞，妳醒了嗎？」

「是庫羅嗎？」

角鴞伸出了手，撫弄庫羅觸感光滑的頭角。

「我還活著嗎？」

「似乎如此。」

「貓頭鷹又沒有把我吃掉嗎？」

「……似乎如此。」

角鴞咬了咬唇——又沒有成功。在她感到悔恨與痛苦交加的同時，卻也覺得不單單只是這樣。

挺起了身體，角鴞緊貼地面坐下來。

「庫羅，我看到了貓頭鷹的畫喔！」

「是嗎？」

「真的很美。」

「這樣啊。」

是的，那些畫真的美極了。彷彿再沒有比那些畫更美的東西一般，真的是很美的畫。

「……夜之王的繪畫中最美麗的，其實是使用紅色顏料的畫作。」

庫羅難得顯得躊躇不決，如此說道。

「紅色？可是，那些畫裡都沒有紅色呀。」

角鴞對那一幅幅的畫記憶鮮明，畫中盡是美麗的綠色與藍色。在分秒變化的森林樣貌中，角鴞想起沒有夕陽西下的顏色。庫羅點點頭說道：

「……嗯，在這座森林裡無法取得紅色的顏料。夜之王所使用的顏料很特殊，包含了種種魔力。因此才會顯得如此美麗，才會有如此的力量。」

庫羅像歌頌般說出這些話。

「然而，對魔物而言，取得紅色顏料實屬不易。」

「很難嗎？為什麼？」

庫羅並沒有說紅色顏料不存在，他是說不容易取得。角鴞很想知道何以如此，便問了庫羅。

「角鴞啊，妳可知道被稱做煉花的花朵？」

「煉花？」

「即是被稱做煉獄之花，群生在森林深處，如血一般火紅的花朵。花朵的根部可以調製出無比美好的紅色顏料。」

「既然在森林裡的話，為什麼不去採集呢？」

角鴞歪著頭問道。

「因為煉花的花粉對魔物而言是劇毒。」

「毒？」

「對，是毒，因此魔物不得靠近煉花之群生地帶。在人類的城鎮裡，都傳言煉花可以作為強力的驅魔用具。但諷刺的是，為了驅除魔物，卻必須走入魔物群聚的森林深處。」

角鴞仔細玩味了庫羅所說的話。她稍作思考之後，站了起來撲向庫羅。

「庫羅！我去好了，我要去採煉花！」

貓頭鷹想要煉獄之花，卻無法前去採取；角鴞不是魔物，因此，能夠去採集煉花。

我能幫上他的忙——只要這麼一想，她的心便雀躍不已。

「我去採煉花了喔！我要去採回來！」

庫羅聽了角鴞說的話，稍微向後退了幾步，這個動作就好比人們皺起眉頭一般。

「不過角鴞，煉花生長之處對前去的人類而言，乃危險之地。」

「嗯，沒關係呀。什麼都好，告訴我嘛。」

角鴞似乎迫不及待地要前往煉花生長的地帶。她用小小的拳頭咚咚地敲打著庫羅硬邦邦的身軀，耍賴著要他告訴自己煉花生長的場所到底在哪裡。

——我能為那美麗的夜之王幫上一些忙。

只要這麼一想，角鴞的內心便感到歡欣。

雖然角鴞從來沒有想過要為某個人做些什麼。但是，如果是為了貓頭鷹，角鴞覺得似乎無論是要她做什麼，她都願意。

角鴞用手背擦了擦流下來的汗水。

「嗯……」

角鴞伸出顫抖著的纖細手腕，抓住了頭上的岩石。她聽說只要爬上小山崖，便是煉花的群生地帶了。庫羅雖然告訴她，要登上山崖，她手臂肌肉的力量根本就不夠，但是角鴞卻把他的話當作是耳邊風。離開庫羅已經過了許久，角鴞一個人來到森林深處，煉花群生的洞窟。

角鴞用指尖奮力攀爬，她的指甲剝落，滲出血來。

然而，幸好她的身體纖細輕巧。她沿著從崖壁之間突出的樹木與岩石，總算是攀爬到洞窟的所在處。

角鴞甚至連喘口氣、調勻她急促的呼吸都等不及似的，蹣跚地趕著往森林深處前進。

在洞窟的盡頭，一個廣闊空曠的場所，煉花正綻放著。

頭上的洞窟縫隙間射入光線。即使是在黑暗之中，都能分辨出那美麗的朱紅色。

角鴞緩緩地跪在那些花朵的根部，臉龐在光線下熠熠生輝。

『聽好了，角鴞。』

庫羅彷彿將話語咀嚼著含在嘴裡一般說著：

『聽好了，角鴞。煉獄之花是血之花，花朵容易枯萎、容易褪色。若一開始不從根部挖掘，會立刻枯萎。』

角鴞拿起附近的樹枝，一邊徒手以指甲、另一隻手握著樹枝開始挖掘土壤。庫羅說過，只要帶一株回來就可以了。他說過這種紅色的顏料就是這麼地搶眼。

角鴞將乾涸的土壤挖掘翻鬆，讓根部裸露了出來，並從隔壁一株煉花摘取了一片細而堅硬的葉片。

『此乃最為必要之事。』

她拿著葉片的尖端，再用另一隻手握住葉片。

「……嗚！」

屏住了氣，角鴞一口氣將葉片從手中抽了出來。

她覺得手上似乎有皮膚裂開來的聲音。但那是輕微的摩擦聲響，必然是幻聽罷了。

角鴞的手掌因葉子的邊緣而皮開肉綻，慘不忍睹；並且在土壤上滴下了幾滴鮮紅的血。角鴞故意將指甲深入該處，讓傷口加大。太陽穴上流下好幾道汗水，這些汗水和疲勞無關，想必是因為疼痛吧。

接著她將掘出的煉花溫柔地從土壤中拔出，拂去根部所帶著的泥土後，將白色的根部用滿是鮮血的手握住。

『這是最重要的一點。要避免煉花的根部枯萎並將它帶走，需要赤紅的鮮血。角鴞，妳必須自傷身體，讓煉花吸取妳的血才行。』

庫羅問角鴞是否能做得到。

角鴞回答庫羅，完全沒有問題。

「嘿嘿～」

拿到手的煉花吸取角鴞的血，感覺上似乎生意盎然，更增添了幾分紅豔。看著這樣的花朵，角鴞高興了起來，憐愛地擁抱住煉花。雖然庫羅說只要根部就行了，但是角鴞覺得，經過千辛萬苦掘出的花朵，是無與倫比的美麗。

『是否要帶小刀？』

臨別之際，庫羅如此問過角鴞。他建議帶著小刀去，做什麼應該都會比較便利。但是角鴞搖了搖頭。

「我啊～是討厭小刀的喔～」

角鴞又喃喃地小聲嘟噥一句，站了起來。雖然腳步稍稍蹣跚，但是她想，煉花已經到手了，所以絕對不會有任何問題。比起來時的路上，心裡輕鬆得多了。

角鴞緩慢地爬下山崖。因為一隻手上拿著花朵，她走得相當艱辛。她的心思放在手上的那朵煉花上，結果腳下的石頭突然崩坍。

「呀！」

在角鴞想著要掉下去了的那一瞬間，傳來鈍重而低沉的聲音。

「呀啊！」

角鴞的手腕和肩膀感受到劇烈的疼痛，她不禁發出被擠壓出來似的尖叫聲。她覺得腳下浮在半空中。不過，角鴞之所以沒有掉落下去，是因為兩隻手腕上的鎖鏈鉤在堅硬的樹枝上的緣故。由於劇烈的疼痛，角鴞的意識逐漸遠去。

然而，角鴞又再一次地咬緊牙關，心中想著唯有這株煉花，說什麼也絕不能放手，用左手緊緊握著煉花。從手掌浮現的鮮血，流過手腕舔舐角鴞滿是傷痕的肌膚。

「！」

這點痛楚說起來應該是不算什麼。角鴞再一次只用她的感覺來尋找能夠立足之處，調整了姿勢。

角鴞歷經千辛萬苦地攀爬下來，看了看自己的手腕，只見擦傷成一片通紅的兩隻手腕滲著血。

「……嘿嘿。」

角鴞輕聲笑著。心想，總算是從山崖爬下來了，已經算是不錯的了。

然後用小跑步沿著原路前進，她突然覺得很不可思議。

（好奇怪。）

角鴞踏過草葉以及樹枝。

只為了將這朵花獻給貓頭鷹。

（簡直像是想要繼續活下去一般啊。）

角鴞穿過不見陽光的森林，來到小河畔，卻在該處忽然停下了腳步。

（咦……？）

角鴞發現在小河畔的樹蔭隱蔽處，似乎有身影躲在其中窺伺。而那個身影，角鴞怎麼看都覺得不是魔物或野獸。

（是人類。）

錯不了。在這座森林之中，除了夜之王以外，應該沒有類似人類形體的生物。這麼一想，那個身影除了是人類以外別無他想。

角鴞向那個身影靠了過去。原來，那是頂著純白頭髮的微胖男子。他的背上擔著弓箭，一副膽怯的臉龐，目光巡遊於地圖上。

「喂，你在做什麼啊？」

角鴞向他打招呼，男子驚嚇不已，只差沒有跳起來。

「哇、哇啊啊啊啊！我只是迷路了，不小心闖了進來！相信我！救命呀！」

男子說著就地蹲了下來。角鴞愣愣地看著男子這副樣子，又向他說道：

「喂～你不要緊吧？」

聽到角鴞語氣平淡地對他詢問，男子以一副畏懼謹慎的樣子抬起了臉。

「女、女……女孩子？」

男子反覆不斷地眨著眼，看著角鴞。角鴞嘿嘿地露出了笑容。

「大叔，你迷路啦？從這邊直直走，沿著小河前進的話，現在這個時間是不大會有魔物出現的喔。啊～不過還是會有一些魔物出現？你會怕吧？啊，呃……稍等一下喔。」

角鴞靈光一閃，將自己拿著的煉花雄蕊摘下來。反正在前往貓頭鷹身邊之前，這是必須要摘除的東西。要將煉花成功地遞交給貓頭鷹，就必須要先除去花粉。她不希望讓貓頭鷹感到絲毫的不愉快。

「來，這給你～」

角鴞讓男子握住花蕊，儘管上頭沾了一點血跡，但是男子接受了她遞過來的煉花蕊。雖然男子宛如置身在五里霧之中，不知道發生了什麼事的樣子。

「這個啊，可以驅魔哦～握著這朵花就能保你平安無事啦。嗯～好像是說直到乾枯變色為止吧？所以要快點～努力回去喔。」

聽到角鴞笑瞇瞇地說完，男子愣愣地反問角鴞：

「那妳呢？小姑娘，妳……」

「嗯？我是角鴞～啦。」

聽到角鴞答非所問的話，男子急忙搖頭說道：

「不，不是說這個。妳不一起離開嗎？要不要跟我一起走？」

男子彷彿在看令人哀憐的事物一般，將角鴞從頭到腳打量了一遍。角鴞不解他流露出的眼光究竟是什麼意思。

「我嗎？」

角鴞暫且回了男子的話。然後眨了眨眼，笑著說：

「我啊～要把這朵花拿去給貓頭鷹，不能和你一起走喔～那麼，就再見啦！」

話說出口，角鴞想起自己原來的目的，她將整個身體轉了個方向。對於那名男子，她已經沒有絲毫的眷戀和興趣。

角鴞就這樣興沖沖地返回森林之中。

男子一時呆呆地望著她的背影，不久之後看到自己手中染滿鮮血的花朵碎片，回過神來。有好幾次他想去追上那瘦小背影，卻始終不得前進。他只好放棄，照著角鴞告訴他的路線開始小跑步地邁步向前。

「騎士大人，非得通知騎士大人不可……」

男子口中一邊小聲喃喃自語著。

原本奔跑著向宅邸前進的角鴞，在抵達之前，卻在湖畔附近停下了腳步。那兒有個面向湖泊佇立的身影。在角鴞看到那對漆黑的羽翼時，她有種無法言喻的感覺，角鴞用力地甩了甩頭。

「貓頭鷹！」

角鴞高聲喊叫。漆黑羽翼的影子緩緩地回過頭來。

角鴞跑步靠近。然而，她並沒有抵達伸手可以觸及的距離之內，貓頭鷹身邊充斥著無法逼近的氛圍。

「貓頭鷹！這個，給你！」

角鴞伸出被血跡弄髒的手，獻出手中所握著的煉花。

貓頭鷹則以他白月般的眼睛，俯視紅花。

角鴞手中所握的花，沾滿泥土，染滿血跡，但確實是深紅色。

不久，貓頭鷹緩緩地開口。

貓頭鷹用低沉的聲音，耳語般的聲量，卻清楚地說道：

「妳想要什麼作為回報呢？」

角鴞將她的三白眼睜得彷彿盤子一般大。她感到非常驚訝，因為她從來沒想到他會這樣問她。

（回報，想要的東西。）

怎麼辦才好呢？

要不要再向他要求吃掉自己？即使他拒絕，還是該再開口要求一次嗎？

（到底是為了什麼，才想將花朵……）

想問煉獄之花送給他。

角鴞心想，為了採得花朵，她不辭流血與疼痛交加，而且也曾想過不希望就此死去──在還沒交出這朵花之前，她是不能死的。

角鴞在此之前不曾想過要為任何人，為自己以外的任何人做任何事情。

（啊。）

角鴞不久之後終於想到能說出口的事情，開心地笑了。

她笑著說：

「那就誇獎我吧。」

不管是怎麼稱讚都好。

（拜託嘛，誇獎我吧，夜之王。）

她不曾想過要為任何人做任何事情，然而，如果是為了貓頭鷹，她卻願意去摘取花朵。角鴞奉命行事，從來沒有被誇獎過。不是被認為理所當然，就是被毆打、怒罵，結果總是兩者中的一項。

雖然並不是為了被誇獎才這麼做的，但是角鴞心想，如果能夠受到誇讚那就太棒了。「村子」裡從來沒有人對她做過這種事，她也不曾企盼過得到他們的誇獎。然而現在，角鴞向貓頭鷹要求，渴望被誇讚。

貓頭鷹並沒有回答她。他不作回答，卻僅只是稍微瞇起了眼睛，然後從角鴞的手中接過煉花。

他的眼睛並不和角鴞的目光相對，他動了動嘴唇，不知說了什麼。

於是空間騷然搖晃，在角鴞和貓頭鷹之間，他們的頭上出現身軀嬌小的庫羅。

「大人。」

庫羅降落在角鴞的頭頂上站立著，向貓頭鷹致意敬禮。即使是停在瘦小的角鴞頭上，庫羅仍然只在貓頭鷹視線高度之下。

「是庫羅啊！」

角鴞發出傻愣愣的聲音。

角鴞感受到有人在砰砰地輕敲自己的頭部。

「角鴞啊，歡迎平安歸來。」

庫羅用只有角鴞能聽到的聲音說道。對於庫羅所說的話，角鴞有種無法言喻的感受，便對著庫羅懦弱地一笑。

貓頭鷹無視於這樣的角鴞，背對著她向庫羅吩咐：

「我要製造顏料，去升火。」

正當庫羅要回話的那一剎那，角鴞舉起了手臂。

「我～來！角鴞來做！我會升火喔！」

角鴞的眼睛發亮，大聲說道。然後，原本向著貓頭鷹踏出一步的腳，膝蓋卻突然失去了力量，啪嗒地跪在地上。

「嗚啊！」

角鴞來不及喘口氣，就倒向地面。一時之間也來不及用手去支撐，好不容易總算就著肩膀倒了下去，仰臥在地面上。

「咦咦咦？」

即使在倒下去之後，角鴞仍然感到頭暈目眩，視野搖晃不已。她的意識就這麼簡單地墜入黑暗之中。

從頭頂上俯視著角鴞這副德行的庫羅，啪噠啪噠地拍打著羽翼，他降落並站立在角鴞的身旁。

「愚蠢的東西，血液不足會變成這樣是理所當然的呀。」

庫羅接著朝角鴞的左手伸出自己的手，卻忽地停止了動作，仰視著自己的君王。

「是否還需升火？」

貓頭鷹瞪了一眼屬下，嘆了口氣。

「不必了。」

吐出了這句話之後，貓頭鷹獨步向前。對著他的背影，庫羅更進一步說道：

「王啊！只要這傢伙醒過來，必定又會試著要來到王的身邊。若您希望，在下立即取走此礙眼人類之性命！」

對於以破鑼般的聲音高聲稟告的庫羅，貓頭鷹僅只瞥了一眼。

「隨你高興。」

他丟下了這句話，便拍起翅膀，消失在黑暗之中。

庫羅輕輕地又重新面向角鴞，將自己的手放在她染滿鮮血的左手上。

蒼白的火焰升起。

「角鴞啊，妳放心吧。」

庫羅用破鑼般的聲音，對著不可能聽見他在說什麼的角鴞輕聲呢喃。

「因為妳又一次為夜之王所接受。」

不久，陽光減弱，森林又漸漸被黑夜所覆蓋。

打開年代久遠的橡木門扉，上頭吊鐘形狀的門鈴喀啷喀啷地響了起來。

「歡迎光臨！」

店裡的女主人與其說是對客人有反應，不如說是對門鈴聲有所反應；不過，對於慢步走入店內的來客身影，她挑起了眉毛。

「哎唷哎唷，騎士大人又光臨敝店啦！」

肥胖的女主人大聲造作地這麼一說，彷彿是呼應她的話一般，酒吧中所有的人都望向門扉的方向。

「嗨。」

稍微伸直了指尖、抬起左手，青年露出滿面笑容。酒吧裡頓時人聲鼎沸。

聚集在酒吧的男人們，滿嘴是揶揄一般的音調，對他你一言我一語的。

「騎士大人好久不見啊！」

「喂，安迪！上次和我打橋牌的輸贏到底如何了？」

「又放著太座不管，出來夜遊啊！」

「遲早會被遺棄哦！」

「你在說什麼啊，那是你們家才有的事吧！」

一時之間，酒吧裡充滿了笑鬧聲。只不過是出現便讓在場的氣氛不變的青年，一一誠懇地向叫住他的聲音打招呼，飄然地來到吧台座位坐了下來。

女主人進入吧台，並且取出用圓木挖成的大啤酒杯。

「和平常一樣嗎？」

青年咧開嘴笑。

「嗯，麻煩妳了。」

然後點好了飲料。常客向他走近，從一旁對他說道：

「什麼呀，聖騎士大人，又喝花草茶呀！這裡可不是小鬼和女孩子來玩的地方呀！」

「嗯～這我當然也清楚。」

被稱呼為聖騎士的安．多克一副為難的樣子，笑著回答常客。

「但我家夫人說什麼在準備用餐的時候，丈夫在一旁只會礙手礙腳，卻又不讓丈夫在外面花錢。」

「哈哈哈哈！囉嗦黃臉婆說的話，到哪裡都是一樣的！」

喝了酒的男人們又哄堂大笑。

「而且啊，我雖然不討厭喝酒，但是卻完全喝不醉，實在沒什麼樂趣。既然如此，還不如喝花草茶，價格合理而且很美味呀。」

「哎唷，我是無所謂的喔。」

咚地一聲，女主人將滿滿一啤酒杯的花草茶端到安．多克的面前。

「託聖騎士大人的福，我們店裡無論何時都是生意興隆呢！來，給您端上剛從嘉達露西亞送來的特製花草茶哦！」

這個酒吧是家境不怎麼樣的一般庶民前來相聚的場所。儘管安・多克是國內唯一一位得到「聖騎士」稱號的人，但他絲毫未擺出貴族的架子，而人們口呼「騎士大人」的語調裡，與其說是尊稱，還不如說是暱稱來得較為貼切。身為「馬克巴雷恩家的老么」，他在數年前將此國自古流傳久遠的聖劍自劍鞘拔起，而成為聖劍所選出的聖騎士。不過，身為老朋友的年輕人們，都將他的名字「安・多克」稱為「安迪」。

安・多克總是在這個酒吧點兩杯花草茶，興致勃勃地談論各種話題，閒話家常。

男人們喝了酒，口無遮攔地訴說著對國王的不滿，或是高聲頌讚國王；有的則是談論城中所發生的動盪、或者擾人的事件。此處也兼營旅館，因此這個酒吧裡有很多旅人，成了小小的外交窗口。

在這樣的場所，安・多克一邊和大家交談著各種話題，並且去接觸人們由衷的肺腑之言。他這樣做，絕不是要替對於王家有所不滿的民眾定罪。傾聽城中人們的話是很重要的，無論哪一個時代，是民眾構成了國家。

「對了，騎士大人，您聽說了嗎？」

例如像這樣從女主人口中冒出的話題，總是帶給安・多克值得注意的消息情報。

「什麼事？」

「從這裡往南方走的那個方向，不是有座陰暗的夜之森嗎？是關於棲息於森林裡的魔王的事情啦。」

安．多克輕輕地揚起眉毛，要女主人繼續她剛才突然提起的話題。

「我聽說，好像有一名糊塗的獵人在附近的森林裡迷路，闖入那座夜之森。」

「迷路闖入……那他有沒有活著回來？」

安．多克皺起了眉頭問道。獵人隻身迷路闖入為數眾多的魔物徘徊的那座森林，實在無法想像能夠平安地活著走出那座森林。

「可是您知道嗎！他是平安歸來了沒錯，不過那個獵人說他是在森林深處被一名小女孩所救呢！」

「女孩子……？」

「是呀！說什麼有個骨瘦如柴的小女孩呢。大概是被魔王捉住了吧，雙手雙腳都被用鎖鏈鎖著，看起來就是一副很悲慘的樣子耶～」

忽地，安．多克的臉龐變得認真而嚴肅了起來。

「那個女孩子呢？」

「這個嘛……據說救了獵人之後，又消失在森林之中了呢！」

「這個傳聞的可信度到底有多少？」

安・多克問道，這時隔壁有一名男子嘲弄似地說：

「這個嘛……消息應該是真的吧。聽說那個獵人一回到家，就為了要奔相走告而跑到神殿去呢。」

對他所說的話，安・多克又忽地皺起眉頭。他彷彿在深思，將修長的指尖停在嘴唇上。

「這世間還真是騷亂不安呢。最可憐的就是那個女孩子了，雙腳雙手都被鎖鏈鎖著。以前總是教訓做壞事的小孩子都會被魔王吃掉，但是像她的處境簡直比被吃掉還要殘酷呀。真不知道有沒有什麼辦法？」

擁有豐沛同情心的女主人，說著說著眼裡已經泛著淚水。看著女主人這副模樣，「這就奇怪了……」安・多克喃喃自語道。

如果獵人奔入神殿，那麼可信度應該是相當高的。但是在安・多克的身邊，有著和神殿關係密切的人物。在透過該人物將情報傳入安・多克的耳裡之前，這項傳聞未免在人們之間流傳得太快太廣。

安・多克覺得似乎是有人在煽動炒作。即使還不到煽動的地步，卻有人認為讓傳聞廣為人知沒有什麼不好的，還有，其影響力也不容小覷。

「不會是那個老狐狸吧……」

「嗯？騎士大人，狸怎麼了嗎？」

被女主人一問，安．多克微笑回答：

「不不，沒什麼，是我自己的事情。」

然後，在吧台上放下乾淨的銅幣站了起來。

「什麼嘛，才只喝了一杯呀。」

「嗯，我想起有點急事要辦。」

接著他重新又面對酒吧之中的男人們，用清晰的聲音呼喚道：

「有沒有人知道誤入森林的那個獵人叫什麼名字！」

男人們一時靜了下來，面面相覷。下個瞬間，從裡頭的桌子傳來回答的聲音：

「我記得是鎮外一個叫席拉的男人吧！」

對於一問一答所得到的答案，安．多克輕輕地作出敬禮的動作，轉過身去。

「謝謝妳的茶。」

他向女主人說道。只見女主人的臉龐帶著些許不安並說：

「聖騎士大人，如果可以的話，拜託你救救那個孩子吧。」

對於她所說的話，安．多克不做正面回答，只溫柔和善地微笑著點點頭。

然後，門扉喀啷作響，聖騎士又如同前來的時候一般，飄然離開酒吧而去。

月亮很美，角鴞心裡讚嘆著，來到湖泊之前。雖然還不是那麼明確，但是角鴞也漸漸開始知道貓頭鷹到底棲息在何處。

貓頭鷹又從樹上望著湖面。角鴞心想，他一定是在眺望著映照在湖面上的月亮。

角鴞一時呆呆地看著貓頭鷹，不過似乎是想到了什麼，她的眼睛閃耀著光輝，開始攀爬身旁的樹木。凹凸而巨大、枝葉形狀良好的樹木，只要試著攀爬，就能相當容易成功爬上枝頭。

託庫羅的福，角鴞的左手手掌幾乎已經痊癒了。雖然皮膚還有緊繃的感覺，但是不礙事。手掌上遺留下來的傷痕，在角鴞的眼中是值得誇耀之處。

角鴞爬上了枝頭，移到貓頭鷹隔壁的樹枝上。

鎖鏈鏘啷鏘啷地作響。這樣的高音彷彿是要緩緩地割裂夜晚的寂靜一般，響徹森林。

「戴著那種東西，不嫌麻煩嗎？」

對於突然問向她的聲音，角鴞意料之外地差點腳步踏空，「哇！」地發出了悲鳴。

她急忙又調整好姿勢，坐在枝頭上，從隔壁就近望著貓頭鷹。貓頭鷹則看也不看角鴞一眼，始終眺望著湖面。

但是剛才那句話聽起來是貓頭鷹的聲音，沒錯，是貓頭鷹在向角鴞攀談！

「呃、那個，聽我說聽我說啊～」

角鴞急忙找話要回答貓頭鷹。

那種東西……大概是指鎖鏈吧，因為真的很吵。

「呃～角鴞並不討厭這個啊。」

角鴞拿起鎖鏈，發出了唰啦唰啦的聲響。

「它會發出鏘啷鏘啷鏘啷的聲響。也會發出很好聽的聲音啊，或者該說，我所擁有的只有這個東西啊～嘿嘿，我不討厭這個喔！」

這鎖鏈已經和角鴞共存相當長的一段時間了。小時候便被熔接在手腳上的鎖鏈並沒有鑰匙孔；幸好角鴞和那時候比起來，只是骨架稍微變粗了一些，手腕和腳腕的粗細則毫無改變。要不然，角鴞的手腳早就腐爛落地了。

角鴞回答了貓頭鷹，然而貓頭鷹瞥都不瞥角鴞一眼。

「嘿嘿嘿～」

儘管如此，角鴞卻莫名奇妙地感到幸福，她笑得很開心。近看貓頭鷹，角鴞覺得他的側臉真的像人類一樣。她原本以為所謂的魔物，外觀都像庫羅一樣呢。

「貓頭鷹～」

角鴞以宛若寂靜夜晚一般的心情，對貓頭鷹說道：

「你為什麼討厭人類啊？」

四周一片沉默。角鴞一邊撫弄著自己身上的鎖鏈，也不特意等待貓頭鷹的回答，將自己寄身於沉默之中。

「因為醜陋。」

貓頭鷹的回答很突然，而且如同往常一般，聽起來似乎不怎麼高興。低沉的聲音震動了耳膜。

角鴞抬起臉，半張著嘴保持沉默，然後開始說話：

「醜陋？可是人類裡也有很漂亮的喔？我是沒有看過像貓頭鷹那麼漂亮的人啦～可是只要到大街上什麼的，一定也有好看的人類呀～」

雖然沒有看過，沒有交談過，但是角鴞一直覺得一定有這樣的人。一直覺得如果有這樣的人那該多好。美麗的人類、溫柔友善的人類。不知在何處，有著美好的世界。

「我不是說外表，我是在說靈魂。」

「靈魂？那是什麼啊？」

「在體內的東西。」

「在體內的東西，就只有血和黏乎乎的東西，以及吃下去的東西喔？」

角鴞說出這些話，被貓頭鷹輕蔑地瞪了一眼。

因為不得已，角鴞思考了一會兒。貓頭鷹願意對自己說話是非常非常難得、幸福的事情，對於這樣的「幸福」，無論如何都要想辦法延長。

「嗯～是心嗎？類似的東西嗎？」

「類似。」

「哇！內心醜陋的嗎？我也有很多討厭的人喔～嘿嘿，他們一看到我就會說我髒了他們的眼。會打我很多、很多下，喊叫著：『家畜不要學人類說話！』什麼的。真是好笑極了！我雖然是家畜，但是他們不知道我會說人類的語言呢！」

角鴞嘻嘻嘻地笑了。貓頭鷹看著角鴞，彷彿她真的是很骯髒的東西一般，但是角鴞絲毫不覺得貓頭鷹看她的視線有什麼可厭之處。「村子」裡頭的人明明自己也很骯髒難看，卻用一種「妳更骯髒」的眼光來看待角鴞，所以角鴞不喜歡那些人。但是貓頭鷹比人類美麗得多了，所以看角鴞覺得她骯髒醜惡是理所當然的。

（我醜陋骯髒，但是我現在是在漂亮的貓頭鷹身旁。）

「嘻嘻嘻，喂～貓頭鷹～」

止不住的微笑，角鴞笑著說：

「我現在啊，真的好～幸福哦～」

貓頭鷹似乎在表達他的不解，將眼睛瞇成了細縫，然後輕輕地開口了：

「自稱是野獸的小女孩……」

「是！」

角鴞猛地舉起手臂答道。

貓頭鷹不理會她這樣的反應，繼續說著：

「這額頭上的數字是什麼？」

那是庫羅也曾經問過角鴞的問題。角鴞微笑著回答貓頭鷹：

「這～個～啊，是烙鐵印記呀～」

因為之前庫羅問她的時候，她的說明未能讓庫羅完全明白，因此她想，這次要說更不一樣的解釋給貓頭鷹聽。

「就是啊～像烙印在牛啦、羊身上的東西，烙上去會滋滋地響那種啊，和那個是一樣的！那種燙還真不是蓋的喔～烙鐵燒得赤紅，還滋滋地響，角鴞就『呀～』地慘叫，然後倒下去了呢！」

角鴞嗤嗤地小聲笑著說了這些話。只見貓頭鷹沉默不語，將他的手伸向角鴞身邊。

那是容易被誤以為是黑色的……藍色的指甲。

角鴞的一顆心怦通怦通地跳著。貓頭鷹之前也曾經像這樣將手臂伸向她，可是她覺得和那時候的情形感覺又不一樣。

貓頭鷹的指頭碰觸到角鴞的額頭。

（貓頭鷹願意吃掉我了嗎？）

角鴞閉上了眼睛。

如果是要被吃掉了，希望不要太痛才好啊～烙印的那個時候真的好痛，而且好燙喔。

貓頭鷹的指頭是冰冷的。明明如此，然而指頭在角鴞額頭上拂過的地方，殘留下熱燙的感覺。

幾度來回之後，貓頭鷹的指頭和長長的指甲離開了她的額頭。

貓頭鷹並沒有吃掉角鴞。

角鴞睜開了眼睛，看到月夜裡的月亮閃閃發光。角鴞感覺不對勁了起來，頭部似乎嗡嗡作響，喉嚨感到口渴難耐。某處似乎被燙傷一般，隱隱作痛。

「嘿嘿嘿」地，總之角鴞笑了起來。她想，如果能藉由發笑讓事情輕鬆一些就好了。貓頭鷹瞇起眼睛，說道：

「比起難看的數字，稍微好一點啊。」

「咦？」

聽到這句話，角鴞突然想到什麼似地，從樹木上緩慢笨拙地爬下來，向湖泊跑了過去。慌忙之中，雙腳不聽使喚。然而她小心不讓自己跌落下去，輕輕地窺視湖面。

「哇啊！」

她喊叫了一聲便跌入湖裡，啪沙地發出莫大聲響，湖面起了漣漪。角鴞坐在淺淺的湖底，湖水浸到腰部；在起了漣漪的水面，她看到自己映照於其中的臉龐。

角鴞「嘿嘿嘿」地笑了。

額頭上的數字變成很奇妙、很奇妙的紋路。

（好漂亮。）

和貓頭鷹的刺青也有幾分相似的紋路，在月光照耀之下顯得很美麗。角鴞自出生以來第一次覺得自己很美。

第四章 救出I

角鴞決定要蒐集美麗的東西。

例如，漂亮的花朵以及樹葉、觸感光滑的石頭、生得柔美嬌媚的樹枝，以及像寶石一般，由樹汁凝結成的硬塊等。

角鴞總是在天色還明亮的時候蒐集這些東西，等到太陽下山之後，便前往貓頭鷹的所在之處。

角鴞緩緩地打開宅邸的門扉。當她第一次打開這扇門扉時，她的手上捧著美麗的黃色花朵，而貓頭鷹並沒有趕走角鴞。因此，彷彿是帶著通行證一般，從此角鴞都會帶著她認為美麗的東西來到貓頭鷹身邊。

森林之中到處都是美麗的東西。

打開透出燈光的裡面那扇門，便會見到貓頭鷹的背影，角鴞為此眼睛發亮。她小心翼翼地不讓腳步聲顯得太大聲（即使如此，鎖鏈仍然鏘啷鏘啷作響），並且坐在貓頭鷹的旁邊。

角鴞手捧著紫色的小花，抬頭望向貓頭鷹。

貓頭鷹佇立在巨大的畫布之前，正在為畫布添上顏色。他身旁的小畫布上有著各種顏色的碎片。上頭有藍色和綠色，還有從煉花抽取出來的深紅色，貓頭鷹都從該處掬取顏色。他不使用任何畫筆和鉛筆，指甲前端淡淡地發光，他將顏色添在畫布上頭。彷彿薄膜漸漸覆蓋上去一般，一幅美麗的畫就誕生了。

看著彷彿幻想一般的光景，角鴞嘆了一口氣。

然後，她忽然發覺到，自己和這個地方是多麼地不相稱。

（貓頭鷹很漂亮，繪畫很漂亮，房間也很漂亮。）

房間裝飾著角鴞所帶來的「美麗的東西」，雖然沒有統一的美感，卻具有自由奔放、令人雀躍不已的美。

（可是……）

為什麼我在這種地方呢？角鴞唐突地歪起脖子在心裡想道。

「我沒有被吃掉，是為什麼呢？」

她將內心的疑問直接脫口而出。貓頭鷹對於這樣的角鴞，卻是連看也不看她一眼。不過，在好一陣子的沉默之後，在角鴞幾乎都忘記了自己所發出的喃喃自語之後，貓頭鷹唐突地開口了：

「自稱是野獸的小女孩。」

「是。」

角鴞順服地回答貓頭鷹。她抬起臉望向貓頭鷹，貓頭鷹卻無視角鴞。

貓頭鷹只問了她：

「為何希望我吃掉妳？為何希望魔物吃掉妳？」

被這麼一問，角鴞愣愣地眨了眨眼。

像是理由什麼的，角鴞根本不曾明確地想過。但是角鴞卻回答得出貓頭鷹的問話，在無意識之中，她是知道答案的。

「因為我不想死。」

貓頭鷹沉默了下來，彷彿被人乘虛而入一般。對於陷入沉默的貓頭鷹，角鴞只好拚命地延續話題。

「那個啊～我是很討厭使用刀子的喔～」

「……用我聽得懂的話說明清楚。」

貓頭鷹發出了不愉快的聲音。

角鴞笑了。

「那就是，要問為什麼的話～我做過很多工作，骯髒、辛苦和疼痛如今對我來說都不算什麼。但是我最討厭的工作就是切割處理人體喔。」

「切割？」

「嗯。」

角鴞嘿嘿地傻笑，點了點頭。望向這邊的貓頭鷹的眼睛依舊美麗，所以很自然地讓她流露出笑容。角鴞笑著繼續說：

「死掉的人——大部分都是村裡的人殺的啦～像這種死人，把他的肚子啪啦啪啦地撕裂，胸腔唰啦唰啦地斬開，然後，把手往黏乎乎的裡頭掏進去，摸出滑溜溜的心臟那些東西呀。聽說可以賣到很好的價錢耶～那份工作是專屬於我一個人的工作呢。村裡的女人曾經對我說：『妳還真好命。』我就說要不要代替我做這些事，結果就被她們揍了。我只要拿起刀子就會想起來呢～呃，不拿刀子也會想到就是了。就算我跳進河裡，血液和內臟的味道也幾乎去不掉，最討厭的就是連看著活人都會看成那樣～肚子不斷不斷地變大，最後終於破裂。像這種念頭我想過好幾次了。我只要被揍就常常想這種事喔，我才不想死呢。埋葬死人本來也是我的工作啊，可是挖洞就花了很多時間，所以屍體就腐爛長出了好多蟲啊～真是臭死了。後來習慣就沒事啦。我才不想變成那個樣子呢，如果被吃掉的話，一定就會死得好看多了，對不對？」

「然後啊～」貓頭鷹唐突地堵住了原本想要繼續說下去的角鴞的嘴。

「唔呀！」

角鴞受到驚嚇之餘發出傻呼呼的叫聲。貓頭鷹粗暴地用手堵住角鴞的嘴巴，以接近厭惡的表情，用言語所無法形容的表情說：

「好了，別再說了。」

聽到他說這句話，角鴞還是笑了出來。

像是發作似地，笑意不斷，笑容綻放得她都不知道該怎麼辦才好。貓頭鷹將手從如此笑個不停的角鴞身上挪開，又轉而面向畫布。

經過了好一陣子的沉默之後，貓頭鷹問道：

「為什麼？」

他問得很突然。角鴞「咦？」地歪著小腦袋，從下方窺視貓頭鷹。

貓頭鷹直視著角鴞的眼睛，問道：

「為何受到如此待遇卻不曾逃走？」

角鴞眨了好幾次眼睛。眨巴眨巴地，睫毛搖晃著。

「呃～」

半張著嘴，角鴞似乎忘記了之後該回答貓頭鷹的話，僵在那裡。到底她原本想說什麼呢？被毆打、受怒罵、被虐待，然而，卻始終不曾離開那個「村子」的理由。

「我不知道。」

角鴞只回答了他這麼一句。

「到底是為什麼呢？我不知道。我想了好多次真的受～不了，我不喜歡疼痛，也不喜歡辛苦。我好幾次夢見有人對我伸出援手。嗯，不過到底是為什麼呢？」

角鴞一副越想越不可思議的樣子，歪著頭說：

「到底是為什麼呢？我不曾想過要逃走耶～」

因為，每天就是這樣度過，這種日子是理所當然的；一想到這就是理所當然的日子，辛苦歸辛苦、難過歸難過，她終究覺得似乎沒有其他的辦法可行。

受到那樣的對待，卻無法相信那種日子竟然要結束了。

「那麼，為何妳現在在這裡？」

貓頭鷹繼續問角鴞。他已經將目光從角鴞身上移開，一邊將指尖馳騁在繪畫上。

「啊～呃～那是因為啊……」

這個問題就回答得出來了，角鴞心想。角鴞之所以捨棄那個「村子」，然後來到這裡的理由。

「我就想說～不管了！」

角鴞說了這句話，嘿嘿地傻笑起來。

她一屁股坐在冰冷的地板上，彷彿安詳地睡去一般閉上眼睛，然後如同在唱歌一般說：

「我本來在馬廄裡睡覺，暖呼呼地睡在乾草堆裡。後來馬兒開始慌張騷動起來，我就醒了。我們那個村子，本來是壞人聚集的村子喔。然後有一群討厭壞人，但是同樣好不到哪裡去的人出現，就這樣～那些人一大群的一湧而出……」

一開始是盜賊之間微不足道的地盤之爭與彼此的爭執不下。

野盜賊們之間的嫌隙漸漸地深如大海，不久之後，為了完全消滅對手一夥人的盜賊們襲擊了角鴞所在的「村子」。

角鴞不知道到底發生了什麼事。

悲鳴和怒吼聲傳入耳裡，到處都是火焰燃燒的聲音。

並且，聞到濃濃的血腥味。

沒多久，拿著刀的男人們也湧入馬廄裡。大大的手將原本在乾草中窩著、塞住了耳朵的角鴞拖了出來。

「我就被他們抓起來了～茶褐色頭髮的男人，臉頰上有傷……」

不知道為什麼，記憶中淨是這些事情。

那時候的思考能力完全停止，不管是疼痛或者痛苦，明明都沒有感覺了。

但是只有那些光景遺留在腦海裡，無法忘懷。

「那個男人就對著我說：『是個奴隸小女孩啊～』」

然後，男人露出令人毛骨悚然的笑容。

就像是會引起人的厭惡感一般。

「我還被他說了『真有趣』……被這麼說，到底是指什麼呢，我是不大懂啦。嗯，我已經搞不清楚了。」

角鴞的頭重重地垂了下來。

『真有趣。』

一頭茶褐色頭髮的男人笑著，想要將角鴞拖出來。

角鴞的思考完全停頓。真的停頓了，她什麼都沒在想。

不過，角鴞從乾草堆裡取出了刀子。

那是一把大型的刀子，平常總是用來切割屍體。

角鴞當時似乎喊了什麼，似乎震動了喉嚨，但現在卻不記得了。她根本就不記得自己的聲音，或者，那些聲音根本就不算是語言也說不定。

「我就用刀去刺那個人！」

就像平常對付屍體一般，角鴞用力向男人的腹部刺了一刀，用盡了全身的力量。她聽見彷彿撕裂布匹的聲音——那是男人的聲音。和屍體不同的是，噴出的鮮血濺得角鴞滿臉都是，也噴進了她的眼睛。

角鴞因此視線模糊。

「我第一次刺了活著的人耶～男人就倒下去了，一定是死掉了吧～」

角鴞呵呵傻笑著說道：

「一定是死掉了吧，被我殺掉了。」

角鴞一邊說著，額頭上滴滴答答地流下汗來。她覺得很古怪，天氣明明就不熱，甚至還有些寒冷，連指尖都在發抖。

角鴞一直在做相似的工作。接受命令，切割了無數的屍體。

但是，即便是角鴞簡單的頭腦，也理解到自己這次做出來的事有決定性的不同。

「這樣一來，我就想著『無所謂』啦～不管了，我累啦～什麼的。」

角鴞朦朦朧朧地想著，她覺得疲倦極了。是的，角鴞在老早之前就已經疲憊不堪。

她老早就放棄了一切。

然後她想起很久很久以前就聽說過的故事。在很遙遠的東方有一座人稱夜之森的地方，其中有許多的魔物。

據說被魔物吃掉的人類，是不留任何形跡的。

「然後啊，我就走路來到這裡了！」

角鴞覺得腦袋裡似乎在搖晃，頭昏腦脹。

她緩緩地站了起來，靠近貓頭鷹，就近湊過去看著他的臉。

看見月之瞳，就覺得內心寧靜安詳多了。

貓頭鷹也不推開角鴞，只是一副很不高興的樣子，皺起眉頭，接著微微地張開了嘴：

「還是想被我吃掉嗎？自稱是野獸的小女孩。」

角鴞心想，怎麼問這種理所當然的問題呢？明明就已經說過很多很多遍了呀。她一直……一直希望被貓頭鷹吃掉，被不留任何殘骸地吃掉。

（當然～啦！）

她想說出這些話，張開了嘴。

要說出口的話是早就決定好的，明明沒有任何猶豫。

可是，角鴞小而乾渴的嘴唇卻說不出任何一句話來。

吧噠吧噠地，就像池子裡的魚一般張了好幾次嘴巴，角鴞也不知道到底是為什麼，無論如何就是說不出這麼一句話。

「咦？」

角鴞一副不可思議的樣子撫弄自己的嘴唇。她原本想說的是「吃掉我吧」，到底是為什麼呢？角鴞覺得，只要現在對貓頭鷹做這樣的要求，他似乎就會如她所願地吃掉她。

如果要求他的話，明明就可以如願所償的。

（願望？）

願望，希望，諸如此類……角鴞想要的東西。

「那個，貓頭鷹……」

角鴞愈思考就愈糊塗了。說不出口的話，無論如何就是說不出口，沒有辦法。她輕輕地繼續說：

「那個啊，我今天能不能睡在這裡～」

角鴞心想，如果能在這間漂亮的房間裡，被貓頭鷹的繪畫所圍繞而入眠，是多麼美好的一件事情呀。

所以她提出了如此的要求。

貓頭鷹則對角鴞的要求似乎充耳不聞一般，又從角鴞身上移開目光，轉而面向畫布。

但感覺得出來，那絕對不是拒絕的反應；為此角鴞感到萬分欣喜，覺得非常幸福。她覺得貓頭鷹彷彿在對她說「隨妳便」。

因此角鴞在貓頭鷹的腳邊蜷起身體，靜靜地發出了微弱的鼻息聲。

貓頭鷹僅僅瞥了一眼這樣的角鴞，接著又為了作畫，將指頭馳騁在畫布上。

面對粗暴地打開執務室的門並將身體沉在房間裡沙發之中的人影，國王不禁停下簽寫文書的手，皺起眉頭。

「騎士的禮儀到哪兒去了？」

「大概在另一顆星球的彼端吧。」

安·多克隨便敷衍地作答，繼續攤在沙發上提高了聲音說：

「真是的，這樣的做法真是太姑息了。」

「你說的是哪一件事呢？」

面對國王的反問，安．多克絲毫不見動搖之處；他像裝了彈簧似地爬起來，淺坐在沙發上，和國王相對而談。

「討伐魔王的準備似乎進行得很順利嘛。」

「……」

國王沉默以對。安．多克帶著幾分認真的表情說著：

「城裡的人們想法都傾向於討伐魔王。至今為止不曾帶來多大災害的魔王，正對孩子們形成威脅。而且，對於遭囚禁的少女，人們投以大量的同情票。更何況，聽說王室直屬的魔法師團準備得頗為穩當嘛。」

一切都出乎聖騎士的理解之外，安．多克並沒有要追究責備的意思。聖騎士雖然是騎士團的象徵，卻不是至高無上的；他並沒有政治的手腕，他的技術以及能力完全是為了戰鬥而存在的。他選擇了如此的生存方式，並且選擇成為不輕易出馬的騎士。

國王以一副沉穩的口吻對安．多克說道：

「你說得沒錯，再來只剩擔任討伐前鋒的聖騎士號令了。」

然後國王抬起了臉龐。

「你要怎麼做？」

安・多克直視著國王的眼睛，沉默了片刻。

「……對外宣稱是為了拯救被囚禁的少女，然而討伐魔王的真正目的是？」

安・多克低聲問道。

國王稍稍移開了視線，回答說：

「是為了這個國家和國民。」

其實，安・多克不用國王說也明白這一切。現任國王是位非常優秀的國王，他將原本為他國所侵略的這個國家，在他這一任之內中興復國；並且活用魔力強大的當地特色，編成魔法師團作為武力；也讓農耕與商業繁盛，增強了國力。

而這個國家自古相傳的傳說中的聖劍，也在相隔百年之久後選出了主人，「聖騎士」也成為列德亞克王國獨立的象徵。

儘管尚有不足之處。然而只要能打倒魔王，其中有幾樣就能到手。

安・多克明白國王的企圖。他被選為聖騎士已經將近有十年的歲月了。對於很早就死了父親的安・多克而言，國王對他而言就像父親、夥伴、朋友一樣。但是，他不會為了國王而輕易動用聖劍。不管對手是人類，亦或是人類以外的生物，安・多克並不喜歡無謂的殺生。因為他很清楚自己的那把聖劍並不是裝飾品，只要握了這把劍，必然會有生命因此而消失。

「不過，事情既然已經進行到這個地步……我也會去的。」

儘管如此，安·多克還是輕輕地聳了聳肩，臉上浮現出感到困擾、沒出息的笑容。他苦笑著說：

「我還被妻子罵了一頓呢，說什麼『連一個在受苦的少女都救不出來的話，乾脆辭掉聖騎士的頭銜吧？』」

安·多克知道這大概也是國王的策略奏效了吧。這名不輕易出兵的聖騎士，唯獨在妻子的面前抬不起頭來，國王深知這一點。

「對、對了，讓歐莉葉特也加入隊伍好了。」

對於自己這個天外飛來一筆的主意，國王容光煥發地說道：

「沒有比聖劍的聖女更能提振魔法師團士氣的了！將她在神殿所培養的魔力……」

「我說，國王。」

微微一笑，安·多克岔開了國王的話。

「我說，國王啊，我可事先說清楚。」

安·多克若無其事地說道。

若無其事地，不過，卻用了比平常更低的聲音說道。

國王沒來由地屏氣凝神。是的，沒來由地。

「你要如何運用聖騎士是你的自由，想要拿來做裝飾的話綽綽有餘了。如果不是無謂的殺生，我也願意赴沙場一戰。」

這時，安．多克藍色的眼睛忽地消失了笑意。

「但是，今後若有要歐莉葉特勉強上戰場的這等事情，我就要捨棄聖劍，帶著她離開這個國家。」

他的聲音清楚宏亮，說話毫不猶豫。

國王恨恨地皺起眉頭。

為了自己的國家，將妨礙者斬首——他不是沒有這等覺悟的國王。正因為他兼具了冷靜而犀利的一面，因此能支撐住這個國家；然而，他無法強迫違背他的安．多克，因為，他是這個國家的「象徵」。

「……你想要脅本王嗎？」

對於國王的話，安．多克微微一笑。

「我只是實話實說罷了。」

在黎明之際，角鴞因小鳥的振翅聲醒了過來。巨大的窗戶射入了光芒，從光線的強度她判定那是朝陽，角鴞緩緩地閉上眼睛，準備再繼續睡回籠覺。冰冷的地板讓她感到舒適，似乎在誘惑她立刻進入夢鄉。

「角鴞啊。」

聽到有人在呼喚自己，角鴞跳起來似地起身。

她挺直了上半身，這時房間內已經不見屋主的身影，只見庫羅停在窗櫺上。

「庫羅！」

角鴞眼睛發亮看著庫羅，庫羅則靜靜地待在一旁。角鴞心想，朝陽的逆光看起來真是漂亮。

「看看妳！角鴞，妳臉頰上有地板的紋路呀。」

庫羅的話裡透著些許溫柔，角鴞一邊擦抹著臉頰，「嘿嘿」地笑了。

「庫羅，你是怎麼啦？庫羅很少自己來到這宅邸吧？」

「嗯。」

庫羅輕輕地點了點頭。

「角鴞啊，我有話要告訴汝才前來此處。」

「有話要對我說？什麼事啊～」

角鴞拖拉著身體靠近窗口，庫羅直視著角鴞往上看的眼睛，在稍作猶豫的沉默之後開口說道：

「我從今天起要離開森林一陣子，短則數日，長則約一個月左右。」

「要離開森林？」

角鴞歪著頭，庫羅則點了點頭。

「奉夜之王之命，我將暫時離開這座森林，前往人類的世界巡遊。於此期間，妳即使呼喚我之名，也無法傳到我耳裡。因此角鴞，妳必須在這段期間內自行處理自己的事情，做得到吧？」

「是！」

角鴞高高地舉起手臂，精神飽滿地做了回答。但是又立刻向上翻起眼珠歪著頭說：

「不過，夜之王之命是什麼啊～」

「那是……」

庫羅閉上了才剛要開口的嘴。

「……恕不奉告。」

「這樣啊～」角鴞又笑了起來，她對此沒有任何的不滿。像這樣，庫羅在離開森林之前來到自己身邊，讓她感到欣喜。

庫羅看著微笑的角鴞，很快地開口說道：

「對了，角鴞，在我離開森林前，說個故事給妳聽吧。」

「故事？」

「對，這是很久很久以前的故事。」

角鴞雖然無法判別庫羅突然說出這些話的真意，然而卻沒有任何理由拒絕他這麼做。

「我要聽～」

角鴞規規矩矩地在地板上坐好，等待庫羅開口。

庫羅在稍稍猶豫之後，做出了用右手在臉頰上搔癢的動作，然後緩緩地開口。

「這一切都已經是過去的事了。相對於時光無情地流逝，更能確切感受到比起原本的距離還要更加遙遠的故事。」

庫羅大聲、清朗地說著。就好比敘述英雄故事的吟遊詩人，藉由他的破鑼嗓子流洩而出。

「這是一個古早以前滅亡的小國，和在那裡生存、逝去的王子的故事。」

「王子？」

角鴞歪著頭。她覺得這個故事聽起來根本就是另一個世界的故事。

庫羅不停歇地訴說著這個故事。

「是的，這已經是很久很久以前的一個故事了。從這座森林越過好幾座山，連人們膚色都不一樣的北方那頭，有一個小小的王國。這個國家的作物結不出果實，也無法狩獵；然而，這個國家卻絕非是一個貧窮的國家。因為，這個國家的山裡蘊藏著美麗豐富的礦脈。人們採掘那些礦物，加工、買賣，築起億萬財富。國王的生活更是充足富有，他得以僱用傭兵，儲備武力。到了冬天，土地都為深厚的皚皚白雪所覆蓋，但正因如此，短暫的春天之美就更顯得彌足珍貴。」

「雪啊……」

角鴞從來沒有將雪拿在手上端詳過。她動員僅有的知識，想像出美麗的白色粉末。

「人們豐衣足食，皇室也富裕充足……直到愚蠢的人們將山林中的財富完全採盡為止。」

說到這裡，庫羅壓低了聲音。

「有形之物終有一天會毀滅，此乃確切且必然的道理。但人們有時會很輕易地就忘卻這個道理。礦物被開採殆盡，全國上下為了所剩不多的資源開始爭鬥。若要說皇室為了紊亂失序的民間做了什麼，也不過是利用權力從旁搶奪剩餘的礦物罷了。享盡繁華富貴的國王，已無法從那般生活中自拔了。」

庫羅的用字對角鴞來說艱深難解，角鴞為此感到苦惱。然而她努力想辦法跟上庫羅所說的話，咬緊牙關默默地聆聽。

「話說皇室有一位王子，他是恰好在礦藏開始竭盡時出生的王子。因此，人們對他投以冷淡的眼光。儘管礦物的存量竭盡乃自然且理所當然的變遷結果，人們卻希望能將原因硬推給自己之外的人身上，因此王子一出生便慘遭迫害。儘管作為一位王子，他受到該有的待遇——不愁吃穿，然而包括生下他的王妃以及國王，都不愛這位王子。」

角鴞緩慢地思考。

所謂的愛，是怎麼一回事呢？

「王子生而孤獨，但並未放棄生存下去的念頭。人們雖然都對他不友善，然而這個國家的景色對他來說實在太美了。不久之後，這位王子開始嘗試著讓映入他眼簾的美麗景色留下形跡。為此，小王子拿起畫筆，他開始作畫。」

「啊……」

庫羅話及至此，角鴞便突然明白過來他到底在述說什麼。她突然領悟過來他到底在說著「誰」的故事。

庫羅不做任何回應，繼續說了下去。

「然後，這個國家終究發生了革命。不堪皇室差勁統治的飢民們在王城之內放火，被遣放邊疆的王子也被拖出來示眾。王子所畫的繪畫也被視為放浪的象徵，人們將他的畫拿到廣場燒毀。但事實並非如此，對王子來說，他所剩下的只有繪畫了啊。」

角鴞愣愣地看著庫羅。彷彿藉由這樣做，就能目睹庫羅所描述的光景似的。

「直到被處決之日，人們將王子幽禁於高塔之中。在只鑲嵌著小鐵窗的牢房裡，王子被鎖鏈束縛於牆壁。被斬首的日子一刻刻接近，即便如此，王子仍繼續畫著。」

「顏料呢？畫筆呢？」

角鴞覺得不可思議而問庫羅。

「沒有顏料，也沒有畫筆。王子咬破自己的手指，用滲出來的血在牆壁上畫畫，彷彿被什麼東西附身似的。也許看著人類醜惡的一面長大的王子，他早已瘋了……」

是啊，角鴞內心這麼想。像是感嘆，像是四肢無力……也像是深深的理解。

「那是比紅色更紅的畫，擁有壯絕的美和動人的魔力。是人類這樣微小的存在切削靈魂而畫出的，那力量強大無比。」

庫羅曾經說過：「最美麗的，是使用了紅色顏料的畫作。」他是在哪裡看到的呢？角鴞並沒有察覺出其中的矛盾，然而直到此時，她才終於全然領悟這一切。

「他的畫甚至吸引了魔物。我造訪那裡，然後看到受了太多傷害的王子。他身而為人，卻有著那般的心靈和那樣的魔力。我問他，是否依然希望活下去？是否不排斥捨棄人類的身分？王子對這兩個問題，都回以肯定的答案。」

當然是這樣，角鴞心想。不用說，當然會是這樣的答案吧。

「巧合的是，這座森林裡開始了夜之王的王位傳承。夜之王也是有壽命的，在壽命到達盡頭之時，他的魔力會歸於塵土，然後又創造出新的夜之王。此外，還有另一個傳承方式，那就是由上一代的夜之王選出下一代的夜之王。如此一來，不論何者都能成為夜之王，都能得到月之瞳。我要王子到森林裡去，叫他去見夜之王；我要他去見並非人類，只因為是王故而為王的夜之王。而後，夜之王選擇了他。」

說到這裡，庫羅又再重新說了一次：

「就這樣，世界選擇了夜之王。」

庫羅常常提起「世界」這兩個字。夜之王的選擇，以及允許——這一切就是「世界」的選擇，以及允許。魔物的世界，確實是如此運轉著。

「我的故事說完了。」

庫羅緩緩地結束了他述說的故事。到底是為什麼呢？角鴞心想。為什麼庫羅要對她說這樣的故事呢……

「那麼，我這就要離開森林了。」

庫羅忽地飛了起來。

「若能再見面就好了，角鴞。」

「如果命運允許的話嗎？」

角鴞問道。庫羅則「嘎嘎嘎」地笑了。

「正是，若命運允許。再會了，角鴞！」

然後，庫羅忽地如輕煙一般消失了。角鴞站了起來，從窗戶探出身子，唯有在心裡頭目送庫羅。

這時，角鴞忽然發現自己的兩頰是溼的。

「……咦？」

只要一眨眼，便會落下透明的水滴。

「這到底是什麼啊，會不會是生病了呢？」

角鴞慌忙地用力擦拭水滴。雖然不是頭一次這樣，然而她也不記得有過這種情形。角鴞心想，這是不是像流汗一樣呢？她擦拭了從眼睛裡流出來的水滴，朝著太陽升起的森林，從宅邸奪門而出。

只為了找出美麗的東西，再次見到貓頭鷹。

魔力創造出來的燈光呈現不自然的紅色，綻放著彷彿熟透水果一般的橘色光芒。在夜之森入口，聚集了屏氣凝神的魔法師們。每個人都將連帽斗篷壓低到眼睛的高度，手持老舊的橡木杖。

「沒有月亮呢。」

身穿鎧甲的安・多克揚起嘴唇，抱怨似地說道。

「真是遺憾。我聽說夜之森升起的月亮很美。」

「這是沒有辦法的事情，聖騎士殿下。」

從他的背後傳來沙啞的聲音。聲音的主人和周圍的魔法師們同樣披著斗篷，握住魔杖的手滿布皺紋，手指上戴著好幾只咒術用的戒指。

「我們就是在等候新月的來臨，因為夜之王的魔力在新月的夜裡會明顯地減弱。若欲攻陷，失去如此機會必不得成功。」

「即使是集結了我國引以為傲的魔法師團全力也是嗎？利貝爾團長殿下？」

安．多克一如往常以淡淡的口吻，臉上甚至浮著笑容，對團長如此詢問。

「……恐怕是如此。」

團長並不是在煩惱該如何作答，而是對於要開口回答這件事情，有些許的自傲和自尊心作祟，所以間隔了一會兒才作答。

「恐怕即使聖騎士持以聖劍，也無法匹敵。」

對於被稱為利貝爾的男人的話，安．多克「哦」地做了心不在焉的回答。他仰望著靜謐得令人感到毛骨悚然的夜之森。在沉重的靜默之後，就像明明不擅長卻硬要回話一般，利貝爾提高了聲量說：

「但、但是，當我們捕捉到夜之王，將其魔力到手之際，我國的魔法師團也……」

「我可不想聽。」

安．多克打斷了他的話，發出柔和的聲音。

「你們對魔王是要殺要剮，都隨你們高興。不過，我今天之所以前來，是要來救出被囚禁的小女孩。而你們是來捕捉魔王的，對吧？目前就維持這樣的關係不就行了？」

安．多克的口吻絕不算是強硬的。但是這句話卻讓利貝爾答不上話來，令他噤若寒蟬。還來不及浸淫於沉默之中，利貝爾身後出現了幾個影子。一陣低聲耳語之後……

「……結界似乎已經準備好了。」

利貝爾莊嚴肅穆地稟告。

「是嗎？」

安．多克輕輕地點了點頭。他閉上了眼睛，彷彿一時落入沉睡之中似的。黑暗似乎又稍微加深了。就在這一瞬間——

突然，背後的林木搖曳。

「聖騎士殿下！」

面對黑暗之中現身的巨大身影，魔法師們高聲喊了出來，同時舉起魔杖。然而安．多克率先一步拔出了劍，回過身朝襲來的魔物一劍劈下。

巨大而首當其衝的魔物發出臨死前的悲鳴，倒了下去。

魔法師們屏住了呼吸。那一劍劈得銳利而毫不寬容，從他平日溫和的言行舉止，是絕對無法想像的。

在黑暗中，完好無缺的聖劍反射出淡淡光芒。

背對著魔法師們，聖騎士開口說道：

「魔法的施術者有幾個人？」

他低沉的聲音，在黑暗之中仍舊清晰，震動著空氣。

「由、由我和年輕的兩名來……」

為了捕捉夜之王，直接對他施以魔法的魔法師共有三名，其他團員則負責魔力的增幅以及輔助。

劍柄的觸感有如吸附在手掌上一般。安．多克心想，只要閉上眼睛，彷彿連聲音都聽得見——就像那一直被沉睡中的聖劍所呼喚、漫長的少年時代一樣。

從劍鞘裡拔出劍來的那一瞬間，他的感官便被琢磨得澄靜敏銳，世界則冷冰冰地為之變色。

對於此次討伐魔王之行，安．多克在心底某處感到幸運。

如果能用只知奪命的此劍來拯救他人——他的腦海裡掠過這樣的念頭，但那只是一瞬間的事。

安．多克開口道：

「擋住去路的野獸，皆斬；絕對不要進入劍路之內，我不是說你們會受傷。」

然後，他稍微回過頭來。他的眼睛在黑暗中閃耀，是深深的藍。

「而是我不保證你們能活命。」

只有利貝爾對著他的話點了點頭。

戰鬥宣告開始，聖騎士拔出了劍。

再也無法回頭了。

原本在樹根處沉睡的角鴞，覺得好像聽見有誰在慘叫，慌忙地一躍而起。

「咦？怎麼一回事？」

她感覺得出事情透著些許古怪。儘管如此，她卻弄不清楚到底哪裡不對勁，四處張望了好一會兒。

黑暗在騷動著。森林中的一草一木，都像是在發出悲鳴一般，彷彿在彼此摩擦著。

「什麼？到底是什麼東西？」

角鴞抬頭望向天空，卻完全看不見月亮。她的背脊感到一股冷意馳騁而過。

（我必須過去才行。）

角鴞讓鎖鏈作響，邁步前行。

她奔向貓頭鷹的宅邸，貓頭鷹應該會待在宅邸裡的。角鴞今天沒有帶任何美麗的東西，她心想，就算被趕走也無所謂。只是，角鴞覺得非去一趟不可。

「！」

隨著接近宅邸，角鴞的眼睛有了明顯的變化。

「啊……啊啊啊啊！」

她發出不成句子的聲音。

整幢宅邸都燃燒了起來，赤紅的火焰彷彿將宅邸包圍起來似地燃燒著。

為什麼呢？角鴞心想。到底是為什麼呢？

她跑了過去，從門扉間略開著的細縫硬擠進去。火勢一分一秒地侵入宅邸之內，彷彿在感受地獄的業火一般，角鴞奔上階梯。

她奔入貓頭鷹的房間內。

夜之王就站在那裡，站在房間的中央。

「貓頭鷹……貓頭鷹！貓頭鷹！」

角鴞喊叫著。貓頭鷹緩緩地回過頭來，他的眼睛如往常一般是冰冷的金色，反射著火焰的紅色，彷彿在飄盪搖曳。

他的眼裡並未浮現任何情感。

「貓頭鷹！不要啊！住手、不要啊啊啊啊啊！」

角鴞大聲喊叫。她彷彿要驅趕從牆壁捲起的火焰一般，撲打了好幾次，似乎忘記了那樣的熱，會將自己燒傷。

「住手啊！住手啊！會被燒掉的！貓頭鷹的畫要被燒掉了呀呀呀呀呀！」

濃煙侵入她的肺裡，她用力地咳了幾聲。儘管如此，角鴞仍然想要守住繪畫，拚命要將畫從牆壁上移開。

紅色黃昏的繪畫，快要完成的繪畫在火焰中悽慘地燃燒著。

「不要啊啊啊啊啊啊啊！」

角鴞發出了像野獸一般的咆嘯聲，貓頭鷹及時抓住了差點就要投身於火焰之中的角鴞的手臂。

「好了。」

角鴞的耳裡聽見貓頭鷹冷峻的聲音，她回頭望去。

「一點也不好！不好啊！」

因為，那幅畫原本是那樣地美麗。

因為，那幅畫是你畫的呀。

角鴞如此喊叫著。彷彿要蓋過她的聲音一般，宅邸本身發出不祥的聲響。只聽見彷彿是要發生爆炸一般低沉的聲響，然後腳下的地面崩毀了。

「呀啊！」

地面崩毀。由於屋頂已經被刮跑了，所以角鴞他們不至於被壓死。而這場爆炸到底是出自於誰之手？由於混亂不堪，角鴞無從得知。

「啊……啊……」

手腳上的鎖鏈彷彿燃燒一般發燙。

這個世界發出聲響，就像是快要崩毀一般。在這樣的狀態之下——沒錯，在這樣的狀態之下。

角鴞在此時聽到有人說：

「這裡！」

世界正在燃燒，在一片火紅的視界之中，她聽到強而有力的聲音。

「這裡！把手伸過來！」

只見在化為瓦礫的宅邸殘骸的那一端，有人站在那裡。金頭髮藍眼珠的男人，向角鴞伸出了手。他的一隻手握著劍，另一隻手則伸向角鴞。

「嗄？」

角鴞叫出怪聲。

「我嗎？」

她發出陰陽怪氣的聲音，和這緊急的場合毫不相稱。

「對，就是妳！我是來救妳的！」

回答她的聲音堅定無比。

「來救我？」

角鴞從來沒有像這樣被人伸出援手過。

說什麼「我是來救妳的」。

說起來，以前……更正確地說，是小時候似乎曾祈求過。

終有一天，某天，能夠像這樣，會有英雄般的人對她說「我是來救妳的」。

然後，把角鴞帶走。帶走她，過著幸福的日子。

（幸福的……日子？）

「我，我……」

她的聲音在發抖。對於突然展開的命運，角鴞的身體因畏縮而僵硬。

「抓住我的手！不用害怕！」

「可是……」

「妳放心！」

像這樣，堅定、強而有力地對她說，即使是在說謊，他卻要角鴞「放心」。從來就沒有人對角鴞說過這樣的話。

角鴞像是被附身了一般，向聖騎士的方向前進了幾步。然而，她又回過頭來，看著貓頭鷹，貓頭鷹的身體似乎被看不見的細細絲線所束縛。

貓頭鷹用那月亮一般的眼睛，靜靜地以視線捕捉住角鴞並且說道：

「去吧，自稱是野獸的小女孩，妳已經沒有繼續待在這裡的理由了。」

然後，貓頭鷹以萬般困難的姿態伸出手，用他細長的手指拂了一次角鴞的額頭。

在貓頭鷹瞬間做了如此動作之後，角鴞的身體自己動了起來。自主地，而且確實是出自角鴞意志地行動，然後，抓住了那隻手。

她抓住的不是魔物之王的手，而是聖騎士強而有力的手。

向她伸出來的援手，人類溫暖的肌膚。她被抱緊，並且被抱了起來。

彷彿受到疼惜愛憐一般，角鴞被救了出來。

儘管如此，不知為何角鴞泫然欲泣。

不知為何，角鴞極度地想哭。

她的頭部隱隱作痛，被觸摸的額頭發燙，她想大聲叫出來。

雖然，角鴞根本就不知道什麼叫做眼淚。

——啊，我原本是那麼地、那麼地想被你吃掉啊。

第五章 溫柔的忘卻

帶頭乾杯之聲，高亢地響徹大廳。

上至大臣，下至士兵們，都在宴會上彼此舉杯慶賀。

房間內能夠環視四周的寶座上，坐著灰髮的國王。

人們盛讚魔法師團的功績，頌讚聖騎士的英勇。快手快腳的吟遊詩人也搶先在大廳的一隅開始吟詠著詩句。

安．多克在大廳一隅，靠在牆壁上遠眺著如此的光景。

「聖騎士大人！那邊有人在拚酒呢！聖騎士大人參加的話，優勝必定非您莫屬！」

面熟的士兵對他說。

「還是不要吧，喝太多酒的話又要被夫人念了。」

臉上掛著遺憾的表情，安．多克做了如此的回答。

「歐莉葉特夫人今天沒來嗎？」

「嗯，在場也有很多和神殿相關的人士呀。她說她會神經緊張，不想來。」

「哈哈，那還真是遺憾！」

士兵簡短地說，並且消失在人群之中。

討伐魔王成功，順利救出被囚禁的少女。

這個消息轉眼間便傳遍城裡，現在城中想必有許多人正舉杯慶賀。

安．多克並不討厭觥籌交錯的場面。

但是昨天才討伐了魔王，他想早點回到家裡安靜地休息。他的妻子必定在家裡等著他歸來，而且對於他敷衍地打過招呼便前來這場宴會一事，妻子的內心想必不抱什麼好感。

他想過以休養為藉口離席，但是當著國王的面，有所謂門面的問題，再說，他也有掛心的事。舉杯慶賀之後，他之所以還留在宴會中，正是因為他在等著該項報告。

不久之後，城裡的僕役快步走向安．多克，並且小聲向他耳語。聽了僕役的報告，安．多克點了點頭，向僕役答禮謝過。

然後，他靜靜地從大廳溜了出來。

如果是國王聽到了同樣的報告，想必也就不會怪罪聖騎士中途退出宴會吧。

安．多克正在等候的，正是被魔王所囚的少女恢復意識的消息。

穿過長長的走廊，他敲了敲附有金色把手的門，緩緩地打開。

明亮而有著吊燈的房間裡，放著一張大床。瘦小的少女正躺臥在床上。

安．多克走近這名少女的身邊。少女彷彿被埋沒在水鳥羽毛被的床鋪之中，沉睡著。她的兩頰消瘦得引人哀憐，安．多克最初抱起她的時候甚至為她過輕的體重訝異不已。雖然魔法創造出來的火焰並不會灼傷少女，但即使如此，她也被燻得很厲害，看起來慘極了。

安．多克將手指插入她彷彿曬乾的乾草般的細髮之中，輕撫著。少女的頭髮柔順地滑落，露出了額頭。魔法師們誰也不知道她額頭上不可思議的紋路，究竟代表什麼意義。然而從該處所散發的魔力，確實是屬於魔王的；毫無疑問，有某種魔法正發揮著效果。

「醒過來了嗎？」

少女微微地睜開了眼瞼，露出褐色的眼珠。安．多克向她出聲，她便睜開眼睛，反覆而緩緩地眨著。

「不要緊吧？感覺怎麼樣？」

「……」

然後，少女仔細地盯著探過頭來的安．多克的眼睛。

「嗚……啊……」

她發出了不成音調的呻吟聲。

「嗯？什麼事呢？」

聽到少女的聲音，安．多克溫柔地向她問道。然而少女無法再說出任何一句話來，她努力試著坐起身子。正當她因為使不出力而感到苦惱時，安．多克從旁幫了她一把。

「不要緊吧？有沒有什麼地方會痛？」

「沒有。」

少女回答的聲音微弱，彷彿蟲子的振翅聲一般。當時安．多克伸出手所抓住的少女手腕變成了茶褐色。熔接的鎖雖然已經用魔法切斷，得以解開枷鎖，但是少女長年受束縛的痕跡恐怕不會消失，會留下疤痕。只要一想到這件事，安．多克便心疼不已。然而，他換了個角度重新思考，少女能四肢俱全地安全活著，就應該要感謝上蒼了。

「這樣啊，那就好。」

他放心地嘆了一口氣。接著少女運作起至今尚未思考過的腦袋，口中吐出簡短的字句：「這裡，是哪裡？」

「這裡？這裡是列德亞克的王城。妳不必擔心，沒有什麼好怕的。」

「沒有什麼、好怕的。」

少女像一隻鸚鵡般重覆著他的話。

「嗯，是啊。我的名字叫安．多克，安．多克．馬克巴雷恩。妳叫什麼名字？」

「我的、名字？」

少女輕輕閉上眼睛。

她的睫毛顫抖似地搖曳著。

然後，她睜開眼睛，輕輕地、耳語一般地回答：

「我忘了我叫什麼名字。」

對她所說的這句話，安．多克不禁瞠目結舌。少女以清純無垢的眼睛緊緊地盯著驚訝的安．多克。他輕咬著嘴唇，垂下雙眼，搖了搖頭。

然後，他輕巧地以溫柔的動作抱過少女的頭，並且用他低沉的聲音靜靜地說：

「……可憐的孩子。」

少女似乎在安．多克的懷中微微地歪了歪頭。

少女彷彿是在表示，她打從心底不明白為什麼他會對自己說這句話。

討伐夜之王，救出被囚禁少女的消息，轉眼之間便傳遍了整座城裡。

人們口口聲聲讚頌魔法師團和聖騎士，並且對受保護的少女寄以憐憫與疼惜之情。

想必詩人會彈奏豎琴，伴隨著美妙而悲悽的旋律，歌詠額頭被刻以魔王紋路的少女，以及她不幸、苛酷的命運吧。或者，將高聲朗誦著聖騎士的英雄事蹟。

然而，其中卻有著不被歌頌的結果。

沒有任何人知道，被討伐的魔王的行蹤。

「妳的名字叫角鴞啊。」

當天，出現在角鴞起居的王城房間裡的黑髮美女，用溫柔的聲音說道。她將長長的頭髮鬆鬆地梳成兩條麻花辮，和頭髮同色的眼睛綻放著堅強而溫柔的光芒。

「妳的名字叫角鴞，是妳自己曾經這樣告訴在夜之森迷路的獵人。」

「角……鴞？」

角鴞原本呆坐在大大的床上，此時歪著頭反覆念著這個名字。她穿著質地柔軟輕薄的洋裝，瘦削的臉頰此時也有了些許血色。

「是啊，記得嗎？」

「不知……道，但是妳這麼一說，我就覺得好像是這樣……嗯，我是……角鴞。」

角鴞輕輕地垂下雙眼，小聲地說。她用手掌壓住了胸口，彷彿要將重要的東西收進心底似的。

「我是歐莉葉特。歐莉葉特・馬克巴雷恩，我就是那位沒幹勁的聖騎士的妻子。妳知道安・多克嗎？」

「嗯，我知道，就是安迪。」

安・多克在角鴞醒過來後的這幾天，每天都到王城來探視角鴞。雖然大半時間角鴞都在睡覺，但是安・多克多半都會和負責照顧角鴞身邊雜務的侍女們交談幾句，在撫摸角鴞的頭之後走出房間。

「是的，我就是那個不務正業的騎士的妻子。請多指教啊，角鴞小姐。」

角鴞輕輕地握住了歐莉葉特微笑著伸出來的手。歐莉葉特的手白皙柔嫩，相對地，角鴞的手就顯得有如枯葉的觸感一般。

歐莉葉特為這樣的觸感稍稍皺了一下眉頭，表現出哀憐的表情。

「請多指教，呃……」

「我叫歐莉葉特。」

「多指教啊，歐莉葉特。歐莉葉特是安迪的……妻子？」

「是啊，很遺憾，我正是他的妻子。」

和說出口的話相反，歐莉葉特的表情看起來很幸福。

「角鴞……我可以叫妳角鴞嗎？」

「當然！」

對於歐莉葉特的詢問，角鴞眼睛發亮地回答。對於別人叫她的這個名字，她一想到這個名字是自己的，便感到欣喜不已。

「角鴞，妳覺得這裡的生活怎麼樣？」

被問及「怎麼樣？」角鴞歪了歪頭，然而卻還是回答了肺腑之言。

「呃，呃……每天都吃好吃的東西，穿漂亮的衣服，大家都很友善。」

「有沒有什麼不足的？」

「安迪也每次都這麼問我，完全沒有。」

角鴞慌張地搖了搖頭，回答歐莉葉特。對她來說，這些日子真的過得太好了。每當別人對她好，她便朦朦朧朧地想：「到底是為什麼呢？」

為什麼大家要對我這麼好呢？

這樣啊——歐莉葉特微笑著說，然後小聲問她：

「……有沒有想起什麼事情？」

是否想起了醒過來之前，在森林裡的日子。

對於這樣的詢問，角鴞無從回答。她緩緩地，和剛才完全不同意思地搖了搖頭。

歐莉葉特輕輕跪在絨毯上，和坐著的角鴞四目相視。

「聽我說，角鴞。妳到這裡來之前，一直都在夜之森。妳在那裡被魔物抓住了，我想妳一定是體驗到極其恐怖的遭遇。所以，妳為了保護自己，才會封印了當時所有的記憶。妳完全不必勉強去把那些事情回想起來，那些事情是妳可以忘掉的唷。角鴞還有未來的日子要好好過呢！」

夜之森。

魔物。

恐怖的遭遇。

這些詞彙在角鴞的腦裡打轉。

（真的嗎？）

可以忘掉。

（真的……嗎？）

「角鴞……還有未來的日子要過？」
「是啊，還有未來的日子呢。」
歐莉葉特如此斷言。角鴞也覺得是這樣，如她所說的。
（真的嗎？）
為什麼呢？
有個聲音在心底反問角鴞。
耳邊遠遠地傳來一陣鏘啷鏘啷的聲響。

聞得到古老石板地面和發霉的味道，天花板高聳卻沒有天窗。燃燒著的明亮火焰，是魔力的菁華，從紅色正漸漸轉變成藍色。國王的腳步聲作響，向前邁進；侍奉他的魔法師們不發一語。耳邊縈繞不去的，是國王鞋子作響的聲音和低沉的呻吟聲。
在最深處的盡頭，有個黑影被綁縛於牆壁上。國王停下了腳步，而他的鞋在地板上發出更大的響聲。
「魔物之王啊。」

人類的國王以沙啞卻凜然的聲音說道。

貓頭鷹被白色透明的細線所捆綁，身體如同被吊起來一般張開釘在牆壁上。他緊閉著雙眼，巨大的羽翼一動也不動。國王詢問一旁隨侍的魔法師：「他還有意識嗎？」而利貝爾只是從陰沉依舊的長袍中做了簡短回答：「我想他聽得見您的聲音。」

「魔王啊。」

這次，國王提高音量說著。不知是對國王的聲音起了反應，或者因為其他的理由，貓頭鷹緩緩地睜開沉重的眼皮。

微微透出來的光是銀色的。雖然魔力已被吸收而顯得混濁，但散發出的威勢確實是屬於統領眾魔物的王者所有。

國王吸了一口氣，努力地讓自己不在氣勢上輸給貓頭鷹，和他相對。

「魔王啊，被人類所捕捉的滋味如何？」

國王挑釁似的說了這些話。然而不知道魔王到底是聽見了還是沒聽見，對於國王的問話他不做任何回答。

「……人類之王啊。」

他的聲音沙啞，如同響徹地底般的低沉。

「正是，我正是此國列德亞克的國王。」

在那一瞬間，貓頭鷹的眼睛裡似乎浮現些許感觸。那是輕蔑、嫌惡，以及憎恨之類的情感。

國王心想，和人類頗為相近嘛。

國王一直認為魔物是敵對的存在，其本身便是罪惡；如此一來，就不該有憎恨以及嫌惡等等接近人類的情感。

「……憎恨人類嗎？像人類的魔物之王啊！即便如此，聽說你竟捕捉了人類的小女孩，讓她隸屬於你，整得她要死不活的。你是在復仇嗎？」

對於國王的問話，貓頭鷹的眉毛挑也不挑一下，以沉默明確地拒絕回應。國王咬牙切齒。如果自己被捕捉，是否能保有如此的威嚴呢？這樣的想法掠過國王的腦海。

然而做這樣的比較是毫無意義的。因為，對方是魔物。

「……你不回答也無妨。少女正在城裡接受無微不至的保護，她雖然失去了記憶，但是這樣對她要重新過著幸福的生活來說，是再好不過了。魔王啊，你的盤算都落空了。」

貓頭鷹不回答，僅僅像是失去了興致一般，緩緩地閉上眼睛。待國王以目示意，退居一旁的魔法師們恭恭敬敬地獻上巨大的水晶球。

很明顯地，有魔力附在水晶球上，它的中心搖曳著紅色的火焰。美麗的造型和其魔力相得益彰，擄獲著見者的心和目光。

「這個火焰代表著從你身上吸取的魔力。當紅色的火焰轉變為藍色時，你的魔力將用盡，身體會乾枯成為木乃伊，成為這個國家魔力的象徵。」

國王淡淡地說著。這雖然是對貓頭鷹的死亡宣告，然而卻不見貓頭鷹作任何反應。他保持沉默。

國王似乎變得無話可說，不久便往後走，回到原本的來時路上。對著漸漸遠去的腳步聲和背影，貓頭鷹突然開口說話了：

「人類之王啊。」

國王停下了腳步。他用盡全力保持威嚴，緩緩地回過頭。然後，再一次面對貓頭鷹銀色的眼睛。

貓頭鷹只微微地動了動雙唇，朝著國王說：

「人類之王啊。如果要你在自己和國家兩者之中選擇其一，你會選擇何者呢？」

這是魔物之王第一次問人類之王的問題。國王忽地皺起眉頭，但卻以清晰的聲音回答：

「這個問題是毫無意義的，魔王啊，我無法將這兩者掛在天平的兩端來衡量。」

國王的回答絲毫不見猶豫遲疑。

「無論何時我都會選擇國家吧。只要我還是我，我會選擇國家，是我選擇了國家。」
只要有這樣的意志，天平是無由成立的。
對於國王這樣的回答，貓頭鷹輕輕地閉上了眼睛，如同沉睡般陷入了沉默。

藍天既高且廣，只飄浮著薄薄的捲雲，覆蓋著充滿朝氣活力的城鎮市場。
「嘩！」
角鴞佇立在市場的入口，將有點三白眼的眼睛睜得圓圓大大地，她叫出了聲音：
「好多人！」
「第一次看到這麼多人嗎？」
安．多克站在她身旁，微笑著問她。
「一定是第一次啊！」
角鴞做了這樣的回答。
「那麼，為了避免走散，我們來牽手吧？」
歐莉葉特從另一側這樣說著，握住了角鴞的小手。角鴞眨了好幾次眼睛，然後很幸福似的微笑。

今天是角鴞第一次到城鎮裡的日子。

角鴞穿著絕對稱不上是華麗，卻製作精巧的衣服，搭配衣服戴著大帽子，並且有安・多克和歐莉葉特兩人相伴。

「嘿，歐莉葉特！大家都拿著好多貨物喔！」

「是啊，因為這裡是買東西的地方呀。」

聽得懂嗎？歐莉葉特說著。角鴞顯得有些難以理解，微微地歪著頭。

「就是用錢交換想要的東西唷。角鴞，手伸出來。」

歐莉葉特說著，在角鴞空無一物的手中，讓她握住了三枚銅幣。

雕鑄著漂亮鴿子的銅幣。僅僅如此卻有如珍貴的寶物一般。

「要用這個唷。」

「要……付錢？想要的東西？」

「就是角鴞想要的東西呀。」

「我想要的東西……」

角鴞被這麼一說，便沉思了起來。看到她這個樣子，安・多克笑著說：「總之到處走走看看吧。」他推著角鴞的背向前。市場的攤子上並排著新鮮的蔬菜和水果，並且擺放著漂亮的布匹，以及從沒看過、製作精巧的美麗擺飾。

視線所及之處，一切都是那麼珍貴新奇，角鴞不停地四處張望。

「哎呀，歐莉葉特夫人您好啊！」

一旁的攤子突然有人向歐莉葉特打招呼，原來是賣麵粉的婦人看到了歐莉葉特。

「今天聖騎士大人也陪您來呀！鶼鰈情深還真是令人羨慕呢。」

婦人說著便大笑了起來。歐莉葉特以漂亮而有禮的笑容說：

「暫且不說鶼鰈情深，既然我丈夫也陪我來，所以就算是買了多麼重的東西，回家的路上我都不用發愁了。」

「哈哈哈！一點也沒錯唷。咦，歐莉葉特夫人，那個女孩子是？」

婦人低頭看著角鴞。和婦人的視線對上，角鴞不知所措地抬頭看了歐莉葉特。

「歐莉葉特夫人，您有這麼大的孩子了嗎？」

歐莉葉特避而不答，只說著：「她很可愛吧？」並回以微笑。

不知不覺間，歐莉葉特鬆開角鴞的手，用指尖輕觸角鴞的後背。角鴞覺得她似乎在對她說「去吧」，因此興奮地走進攤販林立的人群之中。安・多克一邊和周圍的人們簡單地打著招呼，並且保持若即若離的距離，注意著不要讓角鴞走散，追隨在她小小的身影後。

角鴞碰撞了幾個人之後，佇立在一個攤子前。她會在這裡駐足的理由很單純，因為這個攤子傳來非常甜美、香噴噴的氣味。

和藹可親的老闆對角鴞說道。角鴞慌張了一下。

「嗨，小姑娘，吃了再走吧？」

「好……好吃嗎？」

「吃過就知道了呀，來，吃吃看吧。」

顏色黯淡的紙裡頭包著的，是以砂糖醃漬過之後烤出來的水果。吃下一口，溫暖的香甜和果汁的酸味在嘴裡擴散。

角鴞的眼睛發亮。

「好好吃！」

「對吧，對吧！」

對於角鴞如此的反應，男人的心情好極了。

角鴞無暇顧及其他，大口大口地吃著。角鴞連連呼叫著好吃好吃，不知不覺地，吸引了一群大人在四周圍觀。

「比城堡裡的飯菜還好吃唷！」

角鴞誠實地說，周圍則一陣沸騰。

「老闆，這句話豈不是至高無上的讚美嗎！」

「小姑娘，妳這是誇過頭了吧。」

「可是是真的呀！真的很好吃呢！」

對於陌生人的話，角鴞也老實地一一作答。

「妳這麼說那我也該吃吃看囉！」

看著天真的角鴞，周圍的人都逐一掏出錢來，看著他們的指尖，角鴞發現到什麼似的，慌張了起來。

「啊、啊，對了，我應該拿錢給你喔？」

看著角鴞雙手都是東西，一副狼狽的樣子，擺攤子的男人笑著說：

「小姑娘，不用啦。只要妳說的這一句好吃就夠了。」

對於老闆如此大方，周圍的人們更是對該店讚美有加。對於刺激客人的購買意願來說，這正是十分成功的演出。

「不、不行啊，可是歐莉葉特說要用錢來交換的……」

周圍聽到角鴞口中呼喚出來的名字，都訝異不已。

「什麼？妳是歐莉葉特夫人認識的人？會不會是神殿女巫的候選人呢……」

然後，有一位老婦人上前接近角鴞。

「看，吃得嘴巴周圍都是，來吧，我幫妳擦一擦啊。」

老婦人伸出滿是皺紋的手，溫柔地幫角鴞擦拭嘴巴周圍。急忙吃下果子的角鴞吃得連鼻頭都黏答答的，大家都帶著善意笑了。

「來，擦乾淨了。哎唷，妳怎麼了，這額頭上的是……」

老婦人撥開角鴞的前髮，出現的是不可思議的圖紋。

「莫非，妳是……」

老婦人倒抽了一口氣，周圍也在一瞬間陷入沉默。角鴞則是一副傻愣愣的表情，站在正中央。

「小姑娘，妳是公主嗎？」

老婦人指尖顫抖著，如此問角鴞。

「嗯？我是住在城堡裡，但不是公主唷。」

角鴞誠實地回答。

周圍一陣騷動。

「不是這樣啦，妳是前一陣子在討伐魔王時，被救出來的夜之森的公主對吧……」

「咦……呃，大概……是吧？」

對於她說出口的話，周圍更是一陣嘈雜。

雖然她不大明白，而且她也不是公主，但是她覺得事情似乎就如他們所說的。因為歐莉葉特在之前反覆地對角鴞做過說明。

「啊啊！」

老婦人突然高呼一聲，然後緊緊地抱住了角鴞。

「哇、哇……」

由於事情太過於突然，角鴞慌了手腳。

「妳能夠活著回來，真是太好了。妳當時一定感到很害怕吧？真是太好了！」

「那、那個……」

老婦人抱住角鴞，潸然落下眼淚。對於沿著肩膀滑落的水滴，角鴞感到慌張失措。

「是公主呀！從夜之森救出來的公主蒞臨啦！」

歡聲四起。在角鴞還支吾其詞的時候，她就被推擠得七葷八素。有許多人撫摸她，許多人抱緊了她，驚惶失措之中，角鴞還和許多人握手。

（到……到底是怎麼回事？）

角鴞胸口怦通怦通作響，她感到疑惑。

好溫暖啊。

到底是怎麼回事？

不久，即使安·多克從人群之中帶出了角鴞，角鴞還是在想著剛才的事。

牽著的手讓她感到溫暖。

「呃，那個……安·多克。」

「嗯？什麼事？」

「老婆婆她用力抱住我，然後啊……」

「嗯，老婆婆她哭了呢。」

「哭……」

「她是為了妳而流下眼淚的喔！」

安·多克臉上掛著溫柔的笑容，如此說道。

眼淚到底是什麼呢？

不過，好溫暖、好溫柔。這麼一想，角鴞感到鼻子深處阻塞不通了起來。

大致說來，角鴞是城堡中一個聽話懂事的食客。她並不覺得無聊的每一天和閒暇難以應付，她喜歡在床上睡覺，也很喜歡從窗戶看風景，以及偶爾和前來的僕役說說話。每一個人對角鴞都很溫柔友善，而歐莉葉特以及安．多克就像是她的家人一般。

國王也曾出現過一次。

「像這樣會面還是第一次啊，角鴞。」

灰髮的國王帶了數名隨從來到角鴞的房間。安．多克在角鴞的身旁，悄聲告訴她：「他是這個國家最偉大的人。」

「啊、呃，初次見面，您好！」

「嗯……似乎恢復了不少啊。」

「呃、那個，我……總是受您很多照顧！」

「不，這不打緊。妳就放下心好好休養。」

彼此交談的話就僅僅如此而已，國王始終都是一副嚴肅的表情。角鴞後來問過安．多克：

「國王是不是在生氣呢？」安．多克笑了。

「他的臉就是固定那副表情呀。」

原來是這樣啊，他總是那副表情呀。角鴞不疑有他，接受了安．多克的說明。

然後過了幾天，有一名僕役造訪角鴞。

「角鴞小姐，請受納。」

這名僕役將一串鑰匙呈給角鴞。

「這是什麼？」

「……位在西邊的城塔鑰匙。」

「嗯？西邊的塔？」

「住在塔內的人想要見角鴞小姐。」

「見我？為什麼？」

角鴞雖然如此問道，但是年邁的僕役卻只是稍稍微笑罷了。

「請您務必前往。」

遞過來的是閃耀著鈍重光芒的鑰匙串。角鴞哦地一聲，沒什麼特別的感慨，對僕役說：

「知道啦！我會去看看的！」

角鴞開心地微笑著，做了這樣的回答。她一躍而起，問了路便奔跑出去。僕役一直注視著角鴞消失在長長走廊那一端的背影，輕輕地長嘆了一口氣。

西之塔的入口鎖了好幾層的鎖，角鴞千辛萬苦地插入好幾把鑰匙，才打開了門。雖然旁邊就站著士兵，但是士兵只瞥了一眼角鴞手上的鑰匙，連句話也沒對她說。由於對士兵打招呼他也毫不搭理，因此角鴞決定兀自進入塔內。

打開門一看，裡面是長長的階梯。

角鴞毫不躊躇地向上奔跑。她也學會了用手拎起簡樸洋裝的下襬。

角鴞喘著氣往上爬去，只見一扇製作精巧的橡木門扉。

（呃。）

角鴞叩叩叩地敲了三次門。她只不過是照著平常城堡中的人們所做的事有樣學樣。

『誰？』

從裡頭傳來聲音，角鴞吃了一驚。

「我是角鴞。」

因為沒有其他的話好說，角鴞如此回答。

『……進來吧。』

得到允許之後，角鴞便進入室內。打開了門，眼底所見是一個廣闊的房間，足足有角鴞房間的兩倍以上大小。

房間裡有鑲嵌著窗櫺的大窗戶，有書櫃，並且有大大的床，也有布偶，以及士兵形狀的人偶。

在房間的中央，有個身影坐在形狀奇妙的椅子上。

「怎麼了，不進來嗎？」

從椅子上有聲音傳來，聲音高亢，彷彿是少女的聲音一般。小小的身影坐在附有巨大車輪的椅子上。

淺淺地變了色的纖細手腳。

色素淡薄的頭髮和眼珠，小小的身體。角鴞覺得，只有頭髮似乎和某人相似。

「妳好，角鴞，初次見面。」

約莫十歲上下的少年，坐在椅子上淡淡地向她微笑。

「我是庫羅狄亞斯。庫羅狄亞斯．韋恩．尤德塔．列德亞克。」

角鴞眨了眨眼。

「我是這個國家的……王子。」

在奢華的吊燈下反射得閃閃發光的頭髮顏色，和那位國王一樣啊！

角鴞在心裡這麼想。

第六章 夜之王的刻印

庫羅狄亞斯要求角鴞靠到自己身旁，坐在絨毯上。角鴞毫不猶豫地答應了他的要求。從開始在城堡中生活，絨毯之上便成為了她喜歡的地方。雖然只要她坐在上頭，就一定會被侍女們責備。

但是這裡卻沒有任何人會責備角鴞。

直接坐在絨毯上，即便是角鴞也得以抬頭看見異常纖瘦的少年王子。庫羅狄亞斯坐在比自己的身體大好幾號的椅子上，他彷彿被埋沒在其中的沙發裡一般。

「讓我看看妳的刻印吧。」

庫羅狄亞斯僅在口頭上對角鴞這麼說。

角鴞順從他的話，摘下了戴在頭上的帽子，讓他看自己的額頭。

「這紋路真奇妙啊。」

聽到王子說這句話，角鴞嘿嘿地笑了。

「再讓我看看妳的手腕和腳踝。」

角鴞照他所說的，伸出手臂讓他看手腕，直立起膝蓋讓他看腳踝。

「都變色了呢。」

「歐莉葉特說這些痕跡都褪不掉。」

「妳是被鎖鏈鎖著吧？」

「嗯，對呀。他們說，這就像生鏽一樣呢。」

「不會妨礙妳行動嗎？」

「妨礙？嗯～不會痛，也不會感到不方便呀？」

「……這樣啊。」

這時庫羅狄亞斯小聲笑了起來，那是屬於角鴞很少看過的笑法。其實說起來，角鴞實在無法判別他到底是不是在笑。

「這麼說來，我的情況還比較嚴重呢。」

「嗯？」

「我的手腳都醜陋地變色了吧？」

「嗯。」

角鴞天真地點頭。雖然她不知道醜陋是指怎麼樣的東西，但那確實是她從來沒有見過的顏色。

「這是天生的，我的手腳天生就無法行動。」

「動不了嗎？」

「是的，完全動不了。我的出生甚至奪走了母后的生命，卻是……這副德行，連父王也……想必是大失所望吧。」

只有在說這句話時，庫羅狄亞斯才微微俯著頭，將視線從角鴞身上移開。

「這副身體簡直就像是受到詛咒。像我這個樣子，是不可能現身於國民面前的。他們一定會覺得我是受詛咒的王子，對我感到畏懼。所以，我從出生到現在幾乎都不曾走出這個房間一步。」

面對傻愣愣地張著嘴巴的角鴞，庫羅狄亞斯笑了，臉上的笑容不知道是不是真的在笑。

「如何？我很不幸吧？」

被他一問，角鴞歪著頭說道：

「不幸？」

「是啊。」

不幸，就是不幸福的意思。角鴞心想，既然王子自己這麼說了，可能真的是這樣。

但是，為什麼要問我呢？角鴞覺得很不可思議。

「還是說……怎麼樣？角鴞，曾經被夜之王所捕獲的妳，要主張自己比我更為不幸嗎？」

庫羅狄亞斯皺著眉頭，以一副悻悻然的表情瞪著角鴞說。

「呃……」

角鴞卻一點也不膽怯，毫不在乎地說：

「我很幸福啊？待在這個城堡裡，很幸福啊？」

角鴞的回答似乎讓庫羅狄亞斯感到被趁虛而入一般。他張開了大而黯淡，綠寶石般的眼睛。

「他們都說是託了國王的福喔，也是託了王子的福吧。」

角鴞開心地微笑著說。庫羅狄亞斯別過了視線。

「我……是沒有任何權力的。」

角鴞不知道「權力」到底是什麼意思，她唐突地站了起來。雖然沒有得到庫羅狄亞斯的允許，但是從大窗戶看出去，夕陽實在是太美了。

「嘩～好棒啊！」

角鴞發出了歡聲。

「好棒啊，這裡真好，好漂亮的景色喔！你看，看得到大街上的市場呀！」

「角、角鴞，我的話……」

「還沒說完」這幾個字，被角鴞的歡呼聲完全蓋了過去。

「聽我說、聽我說喔，那個市場攤販烤的水果，真的很好吃喔！你有沒有吃過啊？」

角鴞天真地問王子。庫羅狄亞斯臉部扭曲地說：

「所以，我不是說了嗎……我無法從這裡出去！」

「你沒吃過嗎？我了解了，下次我去買來給你！那真的很好吃喔，而且我和那裡的老闆交情很好呢！」

角鴞笑嘻嘻地說。看著她這副樣子，庫羅狄亞斯原本張大了嘴想要向她說些什麼，但是忽地彷彿說不出話來而閉上嘴巴，然後小聲問角鴞：

「……妳要去幫我買回來嗎？」

「嗯！我去幫你買！那真的很好吃呢。其他還有漂亮的東西和好玩有趣的東西喔！」

角鴞點了好幾次頭，她感到很幸福。她這時想起了那位老闆的笑容，因為她稱讚好吃時，老闆顯得很高興的那副笑容。

庫羅狄亞斯抬起臉看著角鴞。他的視線不安，彷彿是在尋求依靠一般。

「妳……」

「嗯？」

「妳不憐憫我嗎？」

「憐……憫？」

角鴞像隻小鳥歪著小腦袋。

「妳不說我可憐嗎？」

「呃~王子很可憐嗎？」

聽到角鴞的問話，庫羅狄亞斯一瞬之間脹紅了臉，別過了視線。彷彿角鴞的反問對他來說是莫大的屈辱一般。

「我也被人家說過很可憐喔。可是，我不知道到底有什麼好可憐的。」

角鴞滿臉笑容說道。庫羅狄亞斯戰戰兢兢地看著她的臉龐說：

「……喂，我說角鴞啊。」

「是！」

「妳能不能教教我？外面的世界裡有什麼美麗的，有什麼好玩的……還有，有什麼美好的？」

庫羅狄亞斯用耳語般的聲音說。

對於他的請求，角鴞輕輕地點了點頭。

「嗯！好啊，我來教你。我也會買好吃的來給你！在街上有很多東西都讓人大開眼界呢。還有，也有很多漂亮的東西唷！」

「……」

庫羅狄亞斯沉默不語，深深地低下了頭。

「……我說角鴞啊。」

「是？」

「妳能不能……」

庫羅狄亞斯頭髮間露出來的耳朵顯得有些泛紅。

「能不能……做我的朋友？」

對於庫羅狄亞斯的請求，角鴞微笑著說：

「朋友是什麼啊？」

她的反問流露出清新爽朗的天真。庫羅狄亞斯跟著也稍稍抬起臉龐，似乎感到傷腦筋般地笑了。

那是庫羅狄亞斯第一次展現出真正的笑容。

這天，當結束了政務的國王走向會客室，只見安．多克悠哉地占據著沙發睡著了。國王此時才處理完繁重的政務，忍不住想要在他散漫的睡臉上點火；然而對方是仰賴劍維生的人，實在是疏忽不得。

「……不務正業的傢伙，如果不希望被剝奪職位的話，就給我立刻出去。」

國王以低沉的聲音說。安．多克傻里傻氣地發出「嗯～」的聲音，一邊起身。這名聖騎士總是失禮地說這間房間的沙發很好睡。

「你來做什麼？」

「睡午覺。」

「回去！」

「嗯，我這就要回去了呀。如果太晚回去，可會被夫人罵呢。」

安．多克滿不在乎地邊說邊站起身來，然後似乎想起了什麼稟告國王：

「對了，你知道嗎？聽說狄亞和角鴞相處得很不錯呢！」

「……是有所聽聞。」

「哦?是國王指使的嗎?」

「是庫羅狄亞斯說想要見見被囚禁的公主。」

「哦……依舊是很寵孩子啊。不不,這樣也無妨。對於國王讓他們相見,我是有點意外,但是我也覺得這樣做真的很好唷。」

安.多克像貓一樣伸了個懶腰,口中說著人們茶餘飯後的話題。國王則是對他投以冷漠的眼光。

「既然如此,有什麼事?」

被國王這麼一問,安.多克彷彿在找適當的語彙,一副困惑的表情。他緩緩地開口說:

「……你應該再多關照狄亞的,能不能不要再把他關在那種地方?讓國民們看到他也沒關係吧?如果對於突然讓他現身於國民之前感到躊躇的話,現在大可以先將他托顧於某處的宿舍呀。你知道列密特島吧?那是邊境的一個離島,不過聽說那裡的學校相當不錯呢。」

也不知國王到底有沒有在聽他說話,國王始終都不正眼瞧安.多克一下。

安.多克嘆了一口氣,繼續說著:

「……國王陛下,狄亞的身體的確是那副樣子,但是……他非常聰明的。」

「……」

國王沉默以對。

安・多克嘆了一口氣，改變話題。

「讓魔王木乃伊化的計畫是不是進行得很順利呢？」

「是啊，沒什麼特別的阻礙。」

「這樣啊……如果是這樣，我是沒什麼話好說的啦。」

國王對於拖泥帶水毫不乾脆的對話失去耐性，連聲音都為之一變。

「你到底想說什麼？」

「不是的，是有點……我是覺得對手既然是那個魔王，一切未免進行得太順利了吧？」

再怎麼說，魔王統治魔物之森也有數百年的歲月，不禁令人懷疑他怎麼會如此輕易地落入人類的手中。

在討伐的那一瞬間，他便有這種感覺。

「那正代表了本國的魔法師團有如此偉大的力量。」

國王仍然做了如此的回答。

「真是這樣就好了。對了，國王陛下啊，你打算如何運用榨取自魔王的魔力呢？」

安．多克用稍稍輕佻的口吻問國王。

「……我只會讓它用在國家的利益上頭。」

「這樣啊。」

對於漫不經心的回答，安．多克輕輕地點了點頭，然後打了聲招呼，如往常一樣離開了會客室。

留在室內的國王聽著遠去的腳步聲，緊緊地閉上了眼睛，悄聲自語：

「……愛麗狄亞……」

這是個很美的名字。彷彿隨著呼喚，她的身影便會在腦海裡復甦一般，她是那樣地美麗。她的肖像畫僅掛在會客室和寢室——畫中微笑著的身影是已然過世的王妃。那位體弱多病的佳人深愛著國王，並且深愛著這個國家。比起多活一秒鐘，這位女性選擇生下新的生命。對於反對她生下孩子的大家，她的回答只有這麼一句話：

『我想成為這個國家獨一無二的王妃。』

在她死後，這個國家的王妃仍然只有她。

並且，要背負國家重擔的王子也依舊只有一位。

「王子殿下！你看這個，這是從國土邊境帶過來的喔！」

「這是什麼？」

庫羅狄亞斯透過光線，觀賞著角鴞遞過來的透明黃色團塊。

「我跟你說啊，他們說這是從樹木流出來的汁液凝固成的東西呢。你看，裡面有蟲對不對？」

「真的耶……」

庫羅狄亞斯瞇起了眼睛。

「總覺得有點像是蜂蜜耶。我一直以為舔起來會有甜甜的味道，不過你最好不要去吃它，吃起來不好吃唷。」

「我不會做那種事情的。」

「說得也是喔，因為你是王子呀。」

角鴞說了這些話後，嗤嗤地笑了起來。大約每三天，角鴞便會造訪一次庫羅狄亞斯的房間。

雖然角鴞抵達庫羅狄亞斯的房間時，偶爾會有負責教育相關的人士在房中，但是庫羅狄亞斯一見到角鴞的臉，便會立刻屏退那些人。

「……角鴞，我將賦予妳名譽，准許妳直呼我的名字。」

「嗯？」

「這是我回報妳的……妳可以不稱呼我為王子，直呼我為庫羅狄亞斯。」

王子對角鴞說可以直呼他的名字，讓她不解地眨了好幾次眼睛。角鴞在心裡想，可是庫羅狄亞斯這個名字好長，不好念啊。

安迪不也是因為安．多克不好念，才叫安迪的嗎？

「呃，那麼……因為是庫羅狄亞斯，所以是庫羅……」

角鴞差點說出口，卻又猛地停止。

（咦？）

剛才腦袋裡是不是有腦鳴聲？

（庫……羅……）

不對，腦袋裡有人這麼告訴她。

不可以呼叫那個名字，那個名字是……

那個名字是……

「庫羅？別叫得這麼寒酸。要叫的話……就像安迪他們一樣，叫『狄亞』好了。」

庫羅狄亞斯說著，臉上卻黯淡下來。

「狄亞？」

「嗯，是啊。狄亞──這是……我從母親那裡得來的名字。」

「媽媽？」

庫羅狄亞斯低下了頭。

「她……在生下我之後就死了，是我殺了她。」

「狄亞殺了她？」

角鴞歪著頭說。

「是啊，是我殺了她。母后身體羸弱，對魔力也沒有抵抗力，她的身體遭受這個國家日漸增強的魔力所壓迫。事實上……她的身體根本就不能生育孩子。」

哦，這樣啊。角鴞心想。可是這樣為什麼算是庫羅狄亞斯殺的呢？

「但是，她還是希望把狄亞生下來吧？」

「……如果是這樣就好了。」

庫羅狄亞斯說著，一張臉扭曲歪斜。

「但是我的身體卻是這副德行，國王想必也疏遠我……」

「疏遠？」

角鴞又歪著頭說。庫羅狄亞斯常常使用角鴞所不知道的艱深語彙。

「就是討厭的意思，角鴞。」

「哦，我是不大懂啦……」

話說至此，角鴞開心地微笑著說：

「我覺得即使人家討厭你，你也是可以活下去的。而且我不討厭狄亞唷。」

聽到她這麼說，庫羅狄亞斯心酸地瞇起眼睛，說了一句：

「……角鴞，妳也曾經被別人討厭過嗎？」

「嗯……」

說到這裡，角鴞稍稍地垂下了眼角。

「我不記得了。」

庫羅狄亞斯心想，她的表情彷彿是在哭一樣。

有一天，當安．多克造訪角鴞所生活的房間，他看到角鴞將手肘靠在窗沿上，專注地抬頭看著天空。

「角鴞？外面有什麼有趣的嗎？」

安・多克如此問角鴞。角鴞頭也不回，心不在焉地回答：

「我在看有沒有月亮。」

「月亮？現在還是白天呢。」

「嗯，我想看白色的，晚上的金色月亮也可以喔。」

「哦，角鴞很喜歡月亮啊。」

聽他不經心地說，角鴞的臉色悄然黯淡了下來。

「嗯，也許我真的很喜歡月亮吧。感覺上，好像……很令人懷念。」

角鴞小聲的低語，彷彿在嘆氣一般。

「喂，夫人，我在想——」

安・多克返回自己的宅邸後，整個人坐在沙發上把腳翹起來，向歐莉葉特開口說道。

「怎麼了？」

正在看帳簿的歐莉葉特，此時並未停下手邊的工作一邊回話。

「角鴞失去記憶，對她來說算是一件幸運的事嗎？」

「……」

歐莉葉特停下了手邊的工作。

安．多克閉上眼睛繼續說著：

「一個人可以那麼輕易地就忘卻痛苦的過去嗎？例如說，所謂的幸福不是累積了許多眼淚和痛苦，才能更增添光輝的嗎？所謂人的韌性，不正應該是這樣的嗎？」

「……安迪。」

歐莉葉特用微弱的聲音說。

「嗯？」

安．多克將臉轉向歐莉葉特，歐莉葉特站了起來，從書櫃取出一本書。書籍看起來很老舊，似乎是某本書的手抄本。

「我一直沒有告訴你。不過因為始終掛在心上，所以我去查閱了神殿的古老文獻。」

神殿的地下圖書館嚴密保管著足足有數百年歷史的文書，平常一般人無法親眼見到這些文物。然而出身於神殿，具有「聖劍的聖女」身分的歐莉葉特至今對神殿仍具有莫大的影響力，她得以自由出入地下圖書館。

「妳說的查閱是……？」

「……就是有關角鴞額頭上的刻印。我去調查了施加在她身上的魔法……究竟是怎麼一回事。」

「妳查出來了嗎？」

歐莉葉特靜靜地走向安・多克，在他身邊屈膝。她長長的睫毛垂了下來。

「陰晴圓缺的月亮，中斷的調查。」

她緩緩地翻開了老舊的書籍。變色的羊皮紙上，用模糊的墨水所描繪出的紋路，確實就是角鴞額頭上的刻印。

「那是封鎖記憶的刻印唷。」

安・多克張大了眼睛。一副不可置信的神情，捂住了嘴，然後一臉嚴厲地皺著眉頭吐出話來：

「竟然會是如此！魔物在捕捉了角鴞後，連她的記憶都予以抹消？」

「不是的。」

歐莉葉特以強而有力的口吻否定了安・多克。

「不、不是這樣的，如果照你說的，順序就有所出入。角鴞連森林裡的事情都忘了，魔法開始起作用……是在角鴞離開森林的時候。」

安．多克開始回想。

當時森林在燃燒，其中蹲著一個少女。

她當時哭喊著，並且受了傷。

她那個時候在喊著某人的名字。

安．多克用自己的手捂住了嘴，視線游移著，自言自語。

「對於魔物來說……有什麼不利於他的事嗎？」

「這就不得而知了，我是不了解魔王真正的想法。只是，失去記憶這件事，如果不是角鴞個人的意志，那麼……」

歐莉葉特依舊垂下雙眼說。

「角鴞的記憶無法挽回嗎？」

安．多克問道。

「我認為值得一試，但是，我卻不知道這樣做到底對不對。角鴞的身體狀況不但營養不良，手腕和腳踝上還有無法消失的鎖鏈痕跡。她過的日子應該絕不會是快樂美滿的，而且，對手……是魔物之王呢。原本以人類的魔力是無法和他較量的啊，即使是這樣，如果還是盼望恢復記憶的話……我想這大概就要看角鴞的意志而定了。」

「妳認為呢？」

面對據實以告的安．多克，角鴞的表情顯得困惑而徬徨。

安．多克面對她的猶疑不決，溫柔地微笑以待。

「只要妳有任何的不願意，那就算了，沒有關係的。妳的人生才正要開始，就算失去記憶，妳還是可以過得很幸福的。」

然而，角鴞整個人坐在床上，向安．多克詢問的卻完全是別的事情。

「……如果魔法消失的話，額頭上的紋路就會消失不見嗎？」

面對角鴞小心翼翼說出來的話，安．多克揚起了眉毛。

「不，因為只是抹殺掉魔法效力……很遺憾地，刻印應該是不會消失……」

「那麼，我願意！」

角鴞猛地抬起臉龐，迅速地做了回答。她點了點頭，兩眼閃閃生輝。

「角鴞……妳喜歡……那個刻印嗎？」

角鴞天真地笑了起來。

「因為這個刻印很漂亮啊。」

在庫羅狄亞斯的房間，只要一敲門，必然會被盤問「是誰」。而只要回答「是我」的人是安・多克，總是能獲准並要他立刻進入房間。

「嗨，好久不見。」

安・多克笑著揮揮手打了招呼，此時庫羅狄亞斯也綻放出笑容。雖然這個笑容很難說是和他的年齡相符，但是他笑得毫無防備。

「今天這個時候沒有教師在嗎？」

「嗯，沒有呀。」

「這樣啊。」

「安迪，我問你。」

庫羅狄亞斯平常總是在傾聽安・多克說話，今天卻一反往常，主動向他開口說話：

「角角怎麼樣了？」

「角角？」

安．多克雖然在剎那之間歪著頭摸不著頭緒，然而卻很快地發覺到他所指的是誰，笑了起來。

「哦，你是在指角鴞嗎？」

「呃，嗯。」

庫羅狄亞斯的臉頰稍稍泛紅，點了點頭。安．多克發現，原來這個少年也能有如此豐富的表情。他不發一語，為之感動。

「你似乎和她處得不錯嘛，角鴞將今天發生的事情向你說了？」

「嗯，她說今天要接受解除咒語的魔法。角鴞的記憶能夠恢復嗎？」

「……不知道到底會如何呢。目前利貝爾他們花了一整天向角鴞施魔法，我的夫人也在陪她。」

「這樣啊……」

「看來你們兩個相處得相當融洽嘛。」

安．多克臉上綻放著笑容，如此說道。庫羅狄亞斯稍稍低下頭，小聲地說：

「那傢伙真的很怪。她對我完全不感到畏懼，也不會對我感到同情，總是滿面笑容。」

「……狄亞，你希望她憐憫你嗎？」

對於安．多克的問話，庫羅狄亞斯猛地抬起了臉龐，卻因說不出話而閉上嘴巴。

然後，他斷斷續續地說著：

「我也不知道。但是，角角絕對不會說自己很不幸。看到她這個樣子，我就……總覺得……」

說到這裡，他似乎就再也說不下去了。

安．多克靜靜靠到他的身旁，溫柔地撫摸了庫羅狄亞斯的頭。

在這個國家之中，能如此將手放到他頭上的，只有安．多克和歐莉葉特，以及灰髮的國王了。安．多克初次和庫羅狄亞斯相遇時，庫羅狄亞斯還只是個擁有楓葉般小手的嬰兒，之後，安．多克便一直守護著他的成長。對於沒有孩子的安．多克以及歐莉葉特這對夫妻來說，他們對庫羅狄亞斯有著特別的情感。

「如果角鴞恢復了記憶……」

安．多克以溫柔的聲音說著：

「也許她就不再是我們所認識的角鴞了。」

「什麼？」

庫羅狄亞斯驚訝地抬起臉龐。

「記憶這種東西，是形成一個人的確切要素之一。恢復記憶的角鴞，有可能會變成一個完全不同的人。」

「我才不要這樣！」

庫羅狄亞斯的聲音忍不住狂暴了起來。

安・多克像是要安撫他，報以微笑。

「但是，你會希望依然能和新的角鴞能夠成為好朋友，對吧？」

「那是……嗯……」

咬住了嘴唇，庫羅狄亞斯輕輕地點了點頭，安・多克彷彿是在回答他一樣，用力地點著頭。

「如果——」安・多克繼續說：

「如果……角鴞恢復了記憶，而且還願意待在這個國家的話……我在考慮讓角鴞成為我們的女兒。」

庫羅狄亞斯聽到他這句話，瞪大了眼睛看向安・多克。

安・多克帶著些靦腆笑著說：

「當然，這要看角鴞願不願意了。」

他補充說道。

「如果我……」

庫羅狄亞斯偏過臉龐低下頭，然後以微弱的聲音流露出他的心聲。

「嗯？」

「如果我也是安迪和歐莉葉特的兒子就好了。」

面對庫羅狄亞斯如蚊鳴一般微小的聲音，安・多克湊近望向庫羅狄亞斯。

「你討厭你的父王嗎？」

「我不討厭他！」

庫羅狄亞斯用力搖頭說：

「我怎麼會討厭他！但是，因為像我這樣的人卻身為王子，國王必定會感到絕望呀！我的身體因為是這副德行……我是害死了母后才得以生出來的，卻……」

……

安・多克微微一笑，緩緩地搖了搖頭。

「……不需要對自己的父母這麼客氣啊。」

「可是……」

「我說啊，庫羅狄亞斯。」

說到這裡，安．多克向窗邊走去，背對著庫羅狄亞斯。

「你會希望手腳能夠活動嗎？」

「……那當然，我會這麼希望，我盼望手腳能夠活動。但是，無論本國的魔法師們如何努力，也無法讓我的手腳動起來，不是嗎？」

「真的是這樣嗎？」

「難道說有辦法嗎？」

彷彿纏住不放似的，庫羅狄亞斯追問道。安．多克頭也不回，靜靜地說：

「如果有強大的魔力，或者……」

「你倒說說看哪裡會有這樣的魔力呀！」

庫羅狄亞斯喊叫道，並且咬住了嘴唇。

安．多克回過頭來，再度撫摸庫羅狄亞斯的頭，溫柔地告訴他：「我會再來。」

庫羅狄亞斯還是低著頭，對將手移開的安．多克說：

「如果遇到角角，請轉告她……請她再過來，我等著她……」

庫羅狄亞斯斷斷續續地說著。這名少年雖然語帶嗚咽，卻不流淚。

因為，他無法擦拭自己的眼淚。

「我一定會轉告她的。」

安·多克點頭說著，然後離開了庫羅狄亞斯的房間。

「角鴞，妳現在覺得怎麼樣？」

角鴞花了一整天接受解除咒語的魔法後，歐莉葉特溫柔地問她。

安·多克也從一旁湊過來看。

夜之王的刻印解咒，終究是無法完全見效。

『老實說，最後的一道牆攻不破。』

魔法師團團長利貝爾如此說道。

『但是，封印已經綻開到極限了……還是有很大的可能性，能讓角鴞的記憶從破綻中恢復過來。』

角鴞深陷在床鋪當中，緩慢地閉上了眼睛。

「頭好痛。」

「不要緊吧？」

角鴞那纖瘦弱小的身體，想必承受了很大的負擔。

「嗯，我作了一個夢。」

「什麼樣的夢呢？」

歐莉葉特問道。

角鴞用乾渴的嘴唇回答：

「我夢見有人對我說，忘了就好、忘了就好。我就對那個人說，我不要。別開玩笑了，混帳東西，為什麼我得忘記一切呀！」

因為角鴞將激動的說法說得平鋪直敘，歐莉葉特忍俊不住地笑了。

「這樣真不像平時的角鴞。」

「是我呀。」

角鴞清楚地回答道。

「那是我的聲音。」

然後，角鴞如同要確認似地又說了一次。

「別開玩笑了，混帳。」

隔天，有一位稀客受邀前往王城裡角鴞的房間。

「啊，好久不見。對了，確實是妳，沒錯。」

他誠惶誠恐、戰戰兢兢地踏著王城的絨毯而來，看見角鴞，不由得綻放出了笑容。他微胖的身體穿著樸素的上衣，和王城的白色牆壁顯得非常不搭調。

「妳記得嗎？呃～我和妳在森林裡見過面的。」

「？」

角鴞依舊坐在床上，歪著頭回想。

帶著這名男子前來的歐莉葉特，催促他再向角鴞身邊靠近一些。

「席拉先生，請你詳細敘述當時的情形。」

「好的，歐莉葉特夫人。」

被稱做席拉的男人將帽子攢在胸口，向歐莉葉特深深地一鞠躬之後，又轉而面向角鴞。

「當時我在森林裡迷路，正感到一籌莫展的時候，是妳突然對我說話的呀。我本來以為妳是魔物，所以心裡感到很害怕。妳當時……對了，稱呼我為大叔呢。」

「大叔。」

角鴞像一隻鸚鵡似地，反覆著他所說的。

席拉微微一笑，一連點了好幾次頭。

「對。然後妳指點我路該怎麼走，說是那條路走下去之後，沿著河流往下游走。多虧了妳的話，我才能從森林裡脫困而出。」

「路走下去，沿著河流……」

「我當時問過妳：『那妳呢？』沒錯，妳那時回答了自己的名字。我問妳的意思是指『妳要怎麼辦？』妳卻回答『我是角鴞』呢！」

「我是……角鴞……」

一陣腦鳴襲向角鴞。

（嗯？我是角鴞～啦。）

這聲音，到底是誰的聲音呢？

「然後當我問妳：『要不要跟我一起走？』的時候，妳回答我說因為妳要帶這朵花過去，所以走不了。妳當時手捧著鮮紅的花朵呢。妳對我說可以驅除魔物，給了我雄蕊。」

席拉追溯記憶，緩緩述說著當時的情景。

「鮮紅的……花朵。」

「妳的手被血染得溼漉漉，那是我從沒看過的美麗紅花。」

「紅……花。」

汗水沿著角鴞的背脊流下來，心臟怦通怦通地跳著。

「妳當時說什麼……對、對了，妳當時說，必須把那花朵帶去給貓頭鷹才行。因為是角鴞和貓頭鷹的組合，所以我記得很清楚。」

「貓頭鷹。」

（那就～貓頭鷹！我要叫你貓頭鷹喔！）

夜已深沉。

黯淡無光的黑暗。

月亮……很美。

「貓頭鷹、貓頭鷹……」

「角鴞？怎麼了？不要緊吧？」

歐莉葉特從旁問著角鴞。角鴞不做回答，只是念念有詞地呼喚著這個名字。

「咦？請恕我無禮，額頭的紋路變得不一樣了啊……」

席拉湊近過來看了角鴞後說道。

「在這之前是什麼樣的紋路？」

歐莉葉特驚訝地問向席拉。

「呃～我看到的時候並不是紋路，我記得似乎是數字。三個數字好像是……3．3．3……不，不對。是3．3．2吧……」

（三百三十二～號！）

那是……我的。

我的……編號。

「不……要……」

角鴞瞪大了眼睛，然後雙手摀住了耳朵。

歐莉葉特在叫著角鴞的名字，但是她的話已經傳不進角鴞的耳裡了。

「不要啊啊啊啊啊啊啊啊啊啊啊啊！」

彷彿像是臨終痛苦的叫聲一般，角鴞嘶吼了一聲。

是的，簡直就像那天，離開貓頭鷹的最後一天似的。

角鴞開始嘔吐，她一邊哭，一邊吐到只剩胃液。歐莉葉特不停地幫她順背，她卻拂開了歐莉葉特的手，繼續吐個不停。

她被捲入記憶的洪流之中，而且繼續嘔吐。

她再度追溯所有的記憶。那天的那個時候，自己到底發生了什麼事；自己感受到了什麼；還有──殺了……誰。

然而，她並不抗拒重新回憶起過去。如果是現在，就能理解當時所受的一切疼痛、苦楚，在那個村子裡，自己是如何地遊走在死亡的邊緣。然而，她要再一次取回記憶。

不再別過目光，不再放棄任何事物。

然後，一邊追溯過去，拚命地尋找。

（角鴞應該是受到了溫柔的對待。）

不知在何時，但一定是。

（角鴞受到了溫柔的對待。）

受到了溫柔的對待啊。

（兩個月亮。）

銀色，還有……金色的月亮。

鏘啷鏘啷作響的，角鴞身上鎖鏈的聲音。角鴞的世界中的聲音。

（貓頭鷹。）

彷彿嘶吼般地，在心中呼喚這個名字。

（貓頭鷹！）

「我才不會……忘記……」

然後角鴞緊緊地握住了拳頭，確實地吼出聲：

「不要隨便消去人家的記憶呀，貓頭鷹你這個笨蛋！」

在瞠目結舌的歐莉葉特身旁，角鴞彷彿昏倒似地失去了意識。

另一方面，這時在王城的地下——

魔力與生命力一分一秒地被榨取當中，貓頭鷹小聲地自言自語：

「妳才是笨蛋……愚蠢的傢伙。」

但是，沒有任何人聽到他的喃喃自語。

第七章 騎士與聖女

那是在王妃的國葬結束，劍之聖女迎接世代交替後，隨即發生的事。

事情發生在往王城的鄉間道路上。當天晴空萬里，簡直就像是牧歌中的景象。

「妳想要得到自由嗎？」

由於碰上倒霉的車禍，少年有機會從毀損的馬車中牽起美麗少女的手。

接著少年問道：

「我說啊，妳現在這樣就像被關在鳥籠似的。我問你，妳想要得到自由嗎？」

少女笑了。她扭曲著嘴唇，彷彿在嘲笑路過而來救助她的少年無知、不知迴避；她露出的笑容，不該是身為聖劍巫女所應有的笑法。

「如果真有辦法，那我早就自由了。」

對於她的回答，安．多克先是驚訝不已，之後笑了——並點了點頭。

這是他們唯一一次的邂逅。

那是一剎那之間的事。他的溫柔善良清楚地看見了未來，而她的堅強拉近了未來。

☽

連接王城與神殿的石板地走廊上，有個身影製造出腳步聲響，筆直前進。

「退開！」

在她的一聲喝令之下，守在門前的士兵們紛紛退避，接著她打開了那扇門，並且毫不遲疑地在只有魔法陣微微發光的房間裡，跨步向前。

「歐……歐莉葉特夫人！」

「這到底是怎麼回事？」

在聚集的魔法師們一片嘈雜聲中，歐莉葉特拉開她響亮的嗓子說道。不知是否沒有得到充足的休息，她的頭髮都鬆開了，臉上淨是疲憊的神色。但是唯獨她那黑色眼眸的光芒仍舊強而有力。

「說！是誰開始幹這種低級趣味的勾當？」

「這是國王的命令。」

莊嚴肅穆地回答她的，原來是利貝爾。

「利貝爾先生！竟然連你也加入這種低級趣味的魔法？」

「我們只是遵從國王的命令罷了。」

「不管怎麼樣，請停止！立刻停止進行這種低級趣味的偷窺！」

歐莉葉特跨步邁向魔法陣的中心，原本在那裡的幾名魔法師們顯得動搖不安。在這個國家裡，聖騎士安．多克和聖劍巫女歐莉葉特，除了他們與生俱來的身分之外，還被賦予了特權。關於國政，他們的發言有時甚至比國王身邊大臣的意見更具有影響力。

在這個場合，能夠和歐莉葉特平起平坐說話的，唯有統率魔法師團的利貝爾罷了。

「請停下您的腳步，歐莉葉特夫人！魔法依然在施行之中。如果不按照步驟停止魔法，對角鴞小姐的玉體會降下何等的反作用？以您所接受的教育，應該不至於不明白吧！」

利貝爾制止歐莉葉特的聲音雖然沙啞，卻能令人感到十足的威嚴。歐莉葉特的指尖停了下來。

歐莉葉特原本想觸摸的，是一面巨大的水鏡。

「歐莉葉特夫人……請多諒解，我們尚且身負作為呼喚起記憶者的責任……」

「如果有人擅自闖入你自己的記憶中，你還能默不作聲嗎！」

歐莉葉特質問道。她黑曜石一般的眼睛泛著淚水。

「……請諒解。這也是為了……國家……」

利貝爾深深地垂下頭來。

「請出去吧。」

歐莉葉特伸出纖細的手指，指著門說：

「之後的事情，由我負責守護到最後。如果不想觸怒我的丈夫，就立刻從這個房間出去！」

魔法師們無法違背歐莉葉特所說的話，每個人都向歐莉葉特深深地垂下頭一鞠躬之後，離開了房間。

留下來的歐莉葉特攬著水鏡，往裡面瞧。

歐莉葉特會奔向此處是有理由的。角鴞突然亂鬧了起來，無法讓她聽話——從這樣的角鴞身上，她感受到了微弱的魔力氣息。歐莉葉特在神殿學習了一流的魔法，而且具有出類拔萃的才能；正因如此，她才能發覺這件事情。

——角鴞的記憶，不知道在哪裡「正被偷窺解讀著」。

其中像萬花筒一般變換不已的景象，就是角鴞原原本本的記憶。

歐莉葉特抿住了嘴唇，看著這些景象。

——不管會在這之中看到什麼，我一定要全盤接納。

她想，這是為了愛角鴞，如今她必須要做的事。

聽說角鴞恢復了記憶，安．多克又趕到城裡。

他打開房間的門扉，首先聽到的是角鴞彷彿臨終前痛苦的慘叫聲。

「貓頭鷹在哪裡？」

角鴞上前揪住圍在周圍的僕役們，口中如此喊叫道：

「貓頭鷹……你們把貓頭鷹怎麼樣了，把他帶到哪裡去了！」

安．多克見到角鴞怒氣沖沖的樣子，不禁停下腳步。角鴞瞪大了眼睛、披頭散髮亂鬧的模樣，簡直就像野獸一樣。

「不要，不要啊！還我，把貓頭鷹還我！」

角鴞彷彿完全看不見周遭的一切。她只知道要尋找著叫「貓頭鷹」的某人，不停地吼叫、亂鬧。

『恢復了記憶的角鴞，也許就不再是我們所認識的角鴞了。』

安．多克曾說過這句話——角鴞是否已經渡過記憶之河，到達我們所陌生的彼岸了呢？一瞬之間，這樣的念頭纏繞著安．多克。

「角鴞！」

安．多克拉開嗓子喊道。

儘管如此，至今為止雖然短暫，但他們確實一起生活過那段日子。在這些日子裡，角鴞的的確確是洋溢著微笑，應該感受到了幸福的滋味。

抱著一線希望，他呼叫了角鴞的名字。

剎那之間，角鴞的動作停止了。被咬、被指甲抓的僕役們，一見到安．多克身影，臉上的表情就像看到了救星一般。

「角鴞，妳放心，沒有什麼好怕的。」

安．多克緩緩地靠過來，盡可能用平靜的聲音說道。就像是在憐憫一隻受傷的野獸。

角鴞愣愣地盯著安．多克，然後緩慢地眨了兩、三次眼睛。

她的臉龐一瞬間閃閃生輝，表情千變萬化。像是哀傷，像是喜悅，又像是痛苦；並且像是還未決定該擺出什麼樣的表情似的，扭曲了臉。

「……安、迪。」

「嗯？什麼事？」

安．多克的手緩緩地輕觸角鴞的頭髮，就在這一瞬間——隨著一聲俐落有力的聲音——安．多克的手被拂了開來。

「！」

安．多克驚訝得瞠目結舌。

角鴞仰望安．多克，從正面瞪著他的眼睛。她的眼裡展現出明確的意志，即使不是憎恨，卻也如同悔恨以及痛苦交加一般。

「出去。」

角鴞清楚地說道。

「出去吧，安．多克。」

「角鴞……」

「出去呀！無論是誰，大家都出去！」

角鴞如此要求他們，她這時的表情的確是安．多克所不認識的角鴞。安．多克所熟悉的角鴞總是像在作夢一般，總是天真無邪的微笑，以及直率的驚訝表情。

原來這個少女能做出如此強悍的表情啊，他想。

「角鴞……妳一個人不要緊嗎？」

儘管如此，他還是詢問角鴞。角鴞緊緊地咬住了嘴唇，握住拳頭低下頭。

「求求你，讓我一個人靜一靜。」

「……好，我們出去就是了。」

安．多克溫柔體諒地說了這麼一句話之後，讓周圍所有的僕役退下。最後走出房間的安．多克只回過一次頭，對著隻身佇立在房間中央的角鴞說道：

「不過，角鴞妳絕對不要忘記。」

無論妳處在什麼樣的記憶，或什麼樣的世界之中……

「我們愛妳。」

不要忘記啊。

角鴞聽到他說這句話，用雙手覆蓋著臉龐，用力地搖了搖頭。也不知她這樣做，是否因為想要甩開和安．多克他們在一起的回憶，或者……

房門輕輕地關上了。

門一關上，角鴞便彷彿崩倒似地窩在床上，然後小聲地喃喃自語：

「……我也喜歡你們呀，安迪。」

啊，就是這個，她想。

這熱熱的水滴，就是眼淚啊。

「但是，我絕不原諒你。」

雖然愛你，但絕不能原諒。

「……你燒掉了貓頭鷹的畫，我絕對……不原諒你！」

貓頭鷹你到底在哪裡呢？

角鴞喃喃自語，只因想著貓頭鷹而哭泣。

當天晚上，角鴞在床沿點了一盞油燈，坐在床上。雖然送來了餐點，她卻沒有胃口，僅僅只喝了一口水。

角鴞作了一番思考，她想了又想。角鴞活到現在都沒有用腦袋好好思考過，然而，為了貓頭鷹，也為了自己，她思考，自己到底應該做什麼。

她在床上端坐了起來，並且將眼淚擦乾。因為她想，她不能以哭泣過的臉見人。

然後，她清楚地說：

「庫羅，出來吧。」

她等了幾秒鐘，卻毫無反應。

但是角鴞毫不懷疑。

「庫羅！」

她只呼喚了這個名字。

碰！只聽見小小的一聲，眼前似乎有火焰搖曳，小小的庫羅出現了。

庫羅和在森林裡看過的任何一種樣子都不相同，因為半透明的關係而顯得存在感稀薄。然而，他用上面的右手搔了搔臉頰的動作，確實是庫羅的招牌動作。

「……好久不見。」

角鴞眼裡泛著些許淚水說道。

「……真沒想到我們還能再會啊，角鴞。」

震動耳膜的確實是庫羅的聲音。

「為什麼？」

角鴞用顫抖的聲音問庫羅。

庫羅淡淡地回答：

「因為所處的世界不同。」

「是因為我失去記憶了嗎？」

「也可以這麼說。」

「別開玩笑了。」

角鴞的聲音低沉，說話像在定罪一般沉重。

然後，角鴞像決堤似地挺身在庫羅身前滔滔不絕地說：

「或者該說，貓頭鷹到底為什麼做出這種毫無道理的事情來呢？真令人不敢相信，令人不敢相信啊！我那麼礙手礙腳嗎？我知道我是礙手礙腳！我知道的，可是，可……可是……有那麼糟嗎？」

角鴞的眼眶中飆出了眼淚。

「我是那……那麼沒人要的孩子嗎？我帶給你們……困擾了嗎……？」

也就是說，角鴞知道那天在那座森林當中，自己做了多麼厚臉皮的要求。角鴞比以前、比在那座森林時，懂得了更多事情。

她疼痛得彷彿被四分五裂。
她覺得只要稍稍放鬆，便會被過去的疼痛撕裂了身體和她的那顆心。
但是，她還不能倒下來，她無法拋棄自己所生存的世界。
因為，角鴞還沒能再一次與貓頭鷹相逢。
對於角鴞所問的問題，庫羅不做回答，只用他讀不出表情的眼睛，一直向上望著角鴞。
「……我說，庫羅啊。」
角鴞擦乾了眼淚，突然改變了話題柔弱地對庫羅說：
「貓頭鷹被捉起來了。怎麼辦？貓頭鷹被捉起來……」
「我已聽聞夜之王被人類捕捉之事。」
「嗯。對了，魔物不去救他出來嗎……？」
「那可辦不到。」
「為什麼？」
「看看我這副身體，角鴞。」
說著，庫羅大大地張開了四隻手臂。他的身體稀薄地搖曳著，可以透過去看到另一端。
「這個國家現在張著嚴密的結界，城裡是如此，束縛住夜之王的地下大概也是如此。我雖然從漏洞中鑽了進來，但亦不能久留。」

「……魔物來不了這裡嗎？」

「正是。」

庫羅點了點頭。

「不過，那也並非真正的理由。」

「怎麼說呢？」

對於他一百八十度大轉變的說法，角鴞回問。庫羅張大了他彷彿石榴一般的嘴說：

「人類完全蔑視了夜光之君的魔力！」

庫羅喊叫般地說道。聽不見拍翅的啪噠啪噠聲響，像蝙蝠一般的羽翼大幅地搖晃著。

「就算是新月之夜，魔力減弱而一時遭囚禁，你們以為他是何等人物！他乃魔物之王，夜之王呀！只要滿月之日再度到來，即使他身為被囚之身，豈有不能將此一城鎮、此一國家燃燒殆盡而脫身的道理！」

此時庫羅突然停止了動作。

「……但是，夜光之君卻沒有這麼做。」

「嗯……」

角鴞也明白了庫羅話裡的意思。就像是，過去因為貓頭鷹不願意吃掉角鴞，因此她再也不受任何魔物的侵害一般。

「現在這裡能有這個國家，即為夜光之君的意志所使然，即使魔物有所希冀，亦不能扭曲其……意志。」

「你要棄夜之王於不顧嗎？」

角鴞忍不住尖叫了起來。

庫羅則彷彿要避開角鴞的視線，垂下頭來。

「……夜之王是永恆不滅的。」

「但是！」

「即使現在的夜之王倒了下去，花上一些時間，魔力會聚集於大地，然後將誕生新的夜之王。我們的組織結構便是如此。」

「意思是，要棄貓頭鷹於不顧嗎？」

庫羅並沒有回答她的問題。

在油燈的火焰搖曳之中，理所當然的寂靜蒞臨闇夜。從窗戶可以窺見的月亮和這番情景一點也不搭調，是那樣巨大、美麗。

不久，庫羅說了一句：

「……我真的……無能為力。」

面對他這樣的回答，角鴞咬了咬嘴唇。

那麼——她想。

（那麼——）

我又能做什麼呢？她想。

不如說，夜之王有希望他們為了他做出行動嗎？自己連記憶都遭到消除，就算她一心念著貓頭鷹而採取行動，會不會只是徒遭嫌棄疏遠的行為罷了？

（疏遠……）

角鴞終於明白了這個辭彙的意思。她在膝蓋上握緊了拳頭，咬緊牙關思考。

如果是過去在森林裡的角鴞，就不會如此想。她當時無需考慮到任何人心裡所想的，她只需任意而行，照人家吩咐的行動來過日子就行了。然而角鴞現在卻知道了被愛是怎麼一回事，因此，也切身了解不被愛的恐懼。

（懂得許多事情是很悲哀的。）

即使如此，她並不想要回到過去。她不願意再回到什麼都不懂的那個時候，連痛楚也分辨不出來的……那個時候。

角鴞想要救出貓頭鷹。

她已經知道了什麼是幸福，什麼是悲傷，並且知道了眼淚是怎麼一回事；即使在知道了這些之後，她還是希望能和貓頭鷹回到那座森林裡。

（即使如此，卻還是希望……）

還是希望回去，她想。奔馳於她腦海裡的記憶，淨是那座森林的事，那個村子的事，還有——這個國家的事。

安．多克溫柔地安撫了角鴞。

歐莉葉特溫柔地擁抱了角鴞。

庫羅狄亞斯成了角鴞的朋友。

大家都對角鴞溫柔又友善，她過著如此快樂的生活，如此幸福。然而，她卻甚至要對那些溫柔友善的人們恩將仇報，來拯救貓頭鷹……這樣做到底對誰有好處呢？

也許連貓頭鷹本人也不希望她如此。也許在她前往拯救他的時候，便會被他拒絕。

如果像在那座森林裡的時候一樣，被貓頭鷹拒絕，那麼到底今日的自己是否能承受得住他的拒絕呢？

她在這裡吃著美味的食物，受到溫柔的對待，過著如此幸福的日子啊。

「……對了，角鴞。」

庫羅的聲音響起，彷彿要溫柔地打斷角鴞的思考。角鴞驚醒過來，抬起了臉龐。

「我在一個月前，奉夜光之君的命令將這東西拿到手。把手伸出來吧，角鴞。」

「咦？」

角鴞伸出了手，一束頭髮落入她的手掌之中。那是沒什麼光澤的茶褐色頭髮。

「這是……」

她覺得好像在哪裡看過。但是，到底是在哪裡看過呢？

「我奉夜光之君的命令去確認，這就是證據。差點被妳開腸剖肚的男人，還好端端地活著呢。」

「什麼？」

角鴞驚訝得瞪大了眼睛。

（到底是怎麼一回事？）

角鴞看著落在手掌中的一束頭髮。這個顏色，的確是……對了，的確……那滿是鮮血的記憶，被刻印於記憶中最後一頁的那個男人的頭髮。

他還活著。

她不知道那到底是不是真的。如果要懷疑，那是懷疑不完的；如果要詭辯，那也能大放厥詞。但是，庫羅幫她去確認了那個男人還活著。

他確認了角鴞並沒有殺死任何人。

而且是貓頭鷹命令他去確認。

「啊……」

角鴞緊緊抓住了那束頭髮，並且將拳頭按在自己的額頭上。

多麼地……難以理解，如此地……彆扭，多麼地……笨拙啊。

然而——

（原來他對我很溫柔。）

角鴞明白了。

（角鴞一直受到竭盡全力的溫柔對待。）

她終於明白了這一點。

溫暖的水滴滴落了下來，並不悲傷的眼淚直流。

「那麼，我走了，角鴞。」

「啊……庫羅！」

角鴞一抬起臉龐，庫羅的身影便輕輕、不安定地搖動著。

「很抱歉，不過我快到達極限了。若再加強魔力，就有可能被發現。」

然後，庫羅在那一瞬間彷彿有所迷惘，接著，似乎微微地笑了。

「我走了，角鴞，若命運允許……就再會吧。」

「等等，等等啊，庫羅！告訴我一件事就好！」

雖然命令自己不要哭出來，但卻淚流不止，這讓角鴞感到焦躁不已；她明明想要更強烈、更清楚地將庫羅的身影烙印在自己的眼底。

「告訴我一件事就好……對庫羅來說，貓頭鷹是不是很重要呢？還是說……對庫羅來說重要的是夜之王，即使不是貓頭鷹，只要是國王，就不管是誰都行嗎？」

庫羅早就變得比晨霧還要稀薄，但是他仍然清楚地回答了角鴞的問題。

「是的。」

角鴞臉色一變。

「如妳所言，角鴞啊。」

庫羅如此回答。但是，真正在最後時刻，庫羅已經不見身影之後，留在角鴞耳裡的聲音是

——

（但是……我也認為夜之王的畫，是任何東西都無法取代的美麗。）

這就是庫羅最後所說的話。

角鴞一個人被遺留在只有燈光照耀的一片寂靜之中，她就這樣默默地坐了許久，然而她終究用手背擦乾了眼淚，從巨大的窗戶抬頭看著月亮。

從王城看上去，月亮就彷彿貓頭鷹的眼睛一般，澄澈美麗。

這天，安．多克發出極大聲響闖入執務室，而灰髮的國王卻絲毫不為所動，眼睛盯著手邊的文件，不因安．多克的到來而停止。

安．多克的兩手手掌在塗了漆並製作精巧的桌子上用力拍了一下，發出低沉而莫大的聲響。

他藍色的眼睛似乎在燃燒，臉色略微失去了血色。

「立即停止拘禁夜之王吧！」

安．多克以低沉的聲音說。

「辦不到。」

國王面對安・多克的要求，依舊將眼睛盯在文件上，彷彿完全理解他要說的一切似地，以一副理所當然的樣子回答。

「為什麼！你應該早就知道了吧，魔法師們應該都已經向你報告過了吧？」

因為過於著急，安・多克忍不住一把抓起國王的領口。

「……放手。」

國王回答他的聲音低沉而冷漠。

「你敢在這裡對我怎麼樣嗎？別以為我一切都會讓著你。就算你要和你的妻子從這個國家出走，你有覺悟要讓留在本國的所有族人和兄長們都被斬首示眾嗎？」

安・多克一時回不上話來。他知道這不只是威脅，這個國王真的會說到做到。

他緩緩放開了手，國王也已經不再別過視線。

握住拳頭的安・多克用低沉而顫抖的聲音說：

「你究竟有什麼理由去拘禁那善良的魔物？」

「魔物只因為身為魔物，其本身就是罪惡。」

「哪有這種道理！」

安・多克喊叫道。

他的妻子昨天深夜才回到宅邸，流著眼淚也不擦拭，只是對他訴說著一切。她實在無法把那些事情埋藏在自己的心裡。

角鴞走過來的路是如此悲壯淒絕。

「折磨角鴞並摧殘角鴞的人類，和憐恤那個孩子的夜之王，到底哪一方才是罪惡？到底哪一方才是罪惡，你說啊！」

「……討伐了魔王的是你，聖騎士安．多克。」

安．多克點了點頭。他有覺悟要接納自己所犯的罪。

「你說的沒錯。正因為如此，我才要求你現在立刻解放夜之王！」

「辦不到。」

然而國王毫不退讓。

「為什麼？」

「時機已經過了。下一個滿月的日子，也就是再過幾天，夜之王的木乃伊就要完成了。即使現在才要放走那魔物，我也不認為他能存活下去。」

「將夜之王的魔力還給他就好了，不是嗎？」

「你是認真的嗎？」

灰髮的國王在此閉上眼睛，搖了搖頭。

「你如果真的這麼做，那麼恢復了魔力的魔王，會率領魔物們進攻這個國家吧。」

「……夜之王不是一般的魔物。如果和他商量，他也許能夠理解……」

「你說這什麼天真的話。安．多克，你要用這種想法將這個國家，以及所有民眾暴露於危險之中嗎？」

國王用銳利的眼光看穿安．多克，並且質問他，接下來便輪到安．多克閉上眼睛了。他彷彿緊咬著臼齒似地發出聲音說：

「我來保衛——」

他將兩手手掌放在桌上，垂著頭，用泫然欲泣卻強而有力的聲音說：

「所有的國民……以及這個國家。」

灰髮的國王並未因為安．多克的話逾越本分而反駁他，他直直地俯視著安．多克。

過去，當在這個國家之中算是名門的馬克巴雷恩家么子將聖劍從劍鞘拔出來時，年紀最接近他的哥哥立刻來向國王越級上訴。他當時表示：「我弟弟不適合拿劍，他太過於溫柔善良。」而在這之後，當時身為馬克巴雷恩家當家的長兄則來稟告完全相反的話，他表示：「我弟弟太過於嚴厲，不適合拿劍。」

國王認為，這兩位兄長都沒有說錯。安．多克要握劍，是太溫柔善良，同時也太過於嚴厲了。

他的劍，是一把不能不泯滅生靈的劍，而他卻又是會寄情於自己所斬殺的生命之人。

儘管如此，他能以聖騎士的身分成為這個國家的「象徵」，是因為他找到了必須用劍去守護的目標——就是他心愛的妻子，以及可以稱之為家族的這個國家。

國王將他堅毅的手放在安．多克的肩膀上。

「……這個國家的國王，是我。」

國王不給他反應時間繼續說著：

「我承認這其中有著誤會，但是事到如今也沒有任何法子了。原本討伐魔王便是自古以來有待解決的課題，為了確立這個國家魔力的象徵，以及為了以強大的魔力為這個國家帶來繁榮。一切都是為了這個國家。」

安．多克緊咬的牙齒發出了聲響。他不是不明白國王所說的，這個男人總是將國家擺在第一優先，也正因為如此，他才會是個名君，有此王才會有現在的這個國家。

「你是打算使用從夜之王身上奪取來的魔力……」

安．多克開口，口氣近乎譏諷。

「來施魔法治療狄亞的手腳嗎？」

他一直是清楚的，但是對於這件事情他也一直沒有說出口。如果取得強大的魔力，首先這個國王所希冀的事情……

「我是為了……這個國家。」

只有在這個時候，國王又別開了視線。

「我無意要在狄亞之外另立繼承人。然而他的那副身體，在我死後是否能夠守護這個國家呢……只要我能力所及，我願意做任何事。我將調整所有的軍備，發展農業和商業，然而，以那副手腳……以那副手腳，是否能承受得住這個王位的沉重壓力呢？」

安・多克無法對這個笨拙的國王再多加責備。

他只能藉由這麼做來愛護自己的兒子，就連沒有子嗣的安・多克也能深切地感受到國王的這份心情。

「……那麼角鴞要怎麼辦？」

即使如此，他還是不能不說。

「到現在還是為了尋求夜之王而哭泣的那名少女，她要怎麼辦？」

她會為了思念夜之王，發出那樣悲痛的喊叫聲，她到底該何去何從？

國王嘆了一口氣。

「……安・多克啊，假設我放走夜之王，然後他和角鴞一起回到那座森林，假設角鴞又再度回到那座森林……難道你要說那就是幸福的結局嗎？你真的能如此斷言嗎？」

面對國王的話，安・多克臉色一時黯然。

「你認為那個魔物具有帶給一個幼小人類少女幸福的意志嗎？」

「但是……就算如此……」

國王轉身背對似乎還想對他說些什麼的安・多克。

他從執務室的窗戶望著城下，口吻柔和了幾分後說著：

「由你們來養育她吧，安・多克。如此一來，那名可憐的少女就不會再為生活所困了，用你們的力量讓她得到幸福啊！」

國王背對著安・多克，因此無從知道國王到底以什麼樣的表情在說這句話。

然而就是現在，身為一子之父的國王說著。

「每個人都有每個人所謂的幸福吧，安・多克。」

「……」

安・多克咬了咬嘴唇，他用力地閉上眼睛。

他很想讓角鴞過著幸福的日子，如果可能的話，希望能用他們的力量帶給她幸福的生活。無名的少女帶著純潔無垢的眼神，在安．多克的眼前得到重生，他認為這也許就是命運；他想，她就是為了接受他們的愛護和慈愛而現身在他們面前的。

他同時想過，如果他們能教導那名可憐的稚嫩少女，讓她知道生命中更多的精彩和奧妙，那該有多好。如果能夠引導這個原本連眼淚的意義都不知道的少女，那該有多好。

但是到底有誰會知道呢？

為什麼毫無關聯的他人，有權去決定一個人的幸福呢？

「……下次滿月的夜晚，你也必須參列魔法的儀式，聖騎士安．多克。」

國王以透著嚴厲的聲音斷然說道。

「最後將劍刺入魔王的心臟，是你的職責。」

對於國王說的這句話，安．多克緊緊地閉上了眼睛，然後同樣地，緊緊地握住了拳頭。

「……遵命。」

彷彿要吐出血來，他以沙啞的聲音做了如此的回答。

安．多克對著不再回過身來的背影，說道：

「我親愛的國王，丹德斯啊。」

那是人們甚少掛在嘴邊的，國王的名字。

「如果可能的話，我本來希望和你……會是朋友。」

接著安・多克也轉過身背對國王。

然後，他就再也沒有回過身。

這天，將溫暖的湯送到角鴞身邊的，不是平常的侍女們。

「角鴞，妳感覺怎麼樣？」

角鴞原本想要和往常一樣，背對著聲音不加理睬；然而此時她聽到了熟悉的溫柔聲音，因此不禁回過頭來。

「歐莉葉特……」

原來是歐莉葉特手持托盤，帶著微笑問角鴞。

「怎麼會是這副表情？是不是又稍微瘦了一些呢？」

「……」

角鴞低著頭不回答，兩人隔著有頂篷的大床相對。

歐莉葉特吐了一口氣似地微笑著，在床沿放下盛著湯盤的托盤。

然後，她背對著角鴞在床邊坐了下來。她藉著振動，感覺出角鴞也同樣緩緩地背對著她在床沿坐下。

「對了，角鴞。」

歐莉葉特盡可能地以溫柔、如同往常一般的態度，對角鴞開口說：

「妳願不願意成為我們的女兒呢？」

角鴞聽到她所說的話，眨了好幾次眼睛。

「當然，即使是我，也還不到有妳這麼大的女兒的年紀就是了。」

歐莉葉特嗤嗤地笑著，然後稍微垂下眼睛，輕輕地說：

「我的身體無法生育。」

角鴞的胸口一震。

（好痛。）

她想，她感到尖銳的痛楚。

歐莉葉特彷彿像是說故事給小孩子聽似地，緩緩地說出了自己的事情。

「唯有生兒育女這件事情是無法如願的，誰叫我是『聖劍聖女』呢。我只不過是一項贈品罷了，和聖劍被當作是供品——獻給聖劍所選擇的勇士。」

角鴞聽著這些話，心中想著歐莉葉特的事。

歐莉葉特略帶著藍色的黑瞳和夜空像極了，讓角鴞感到熟悉而懷念。

和貓頭鷹的頭髮顏色像極了，她想。

歐莉葉特如同在唱歌一般，繼續說著：

「要生要死都在勇士的一念之間，這和當奴隸又有什麼不同呢！」

聽到「奴隸」這個詞彙，角鴞的身體不禁一震，她感到背部有冷汗在流。即使到現在也會。

她想。為什麼直到現在自己還會有這樣的反應。

歐莉葉特悄聲笑了，角鴞感覺到她在笑。

「但是，那時候安．多克將他被聖劍選為聖騎士時，所得到的一切財富硬推給我，然後對我說……」

這時不知為何，角鴞的世界啪嚓啪嚓地一明一滅。

角鴞的眼前展現出曾經歷過的情景，火星，以及兩輪闇夜的月亮。

「他說：『隨妳高興去哪裡就去哪裡，妳已經得到自由了。』。」

（『去吧，自稱是野獸的小女孩，妳已經沒有繼續待在這裡的理由了。』）

當時她的確是在那裡。

「理由」又算得了什麼呢。

☽

「妳已經自由了。」

「為什麼？」

歐莉葉特目不轉睛地盯著安・多克說。對她而言，將背脊挺得筆直，是她竭盡全力的虛張聲勢。

這是他們第二度的交談，從馬車的事故以來，僅僅隔了幾天。

要說安・多克還年輕，而歐莉葉特尚還年幼也不為過。

「我是屬於您的東西。」

然而，她所受到的教育要她如此。她生而為孤兒，在孤兒院長大，被發掘出魔法方面的才能之後被寄養在神殿。為了成為守護聖劍的聖女，她也捱過了苛酷的魔法修行。因為如此，她的身體失去了生兒育女的能力，而她也認為這是無可奈何的事。

才剛成為聖騎士的安・多克卻似乎不太在意地說：

「那麼，妳就去我看不到的地方吧。如此一來我也拿妳沒轍了。」

「為什麼？」

歐莉葉特皺起了臉問道。

因為，她實在不知道該以什麼樣的表情面對安・多克。

「您為什麼要說那種話呢？」

「妳不是對我說過嗎？『如果能夠的話，我想獲得自由』呀。我有能力讓妳獲得自由，所以我只不過是將妳從鳥籠中放出來罷了。」

「這樣對您來說，並沒有任何利益可言啊。」

安・多克聳了聳肩膀。

「對我也不會有任何的損失。我原本就是出生於騎士家庭的不肖子——啊，要說損失，或許是有一點。妳長得很美，要放妳走是有點可惜……但是，我希望像妳這樣的美女能夠保持笑容，而且……」

安・多克說著，緊緊盯住歐莉葉特的眼睛。

「如果要強迫一名女性犧牲，聖劍便失去聖劍的資格了，不是嗎？」

聽到他這麼說，歐莉葉特肩膀上的力氣頓時鬆懈了下來。

（啊，是啊。）

聖劍確實是「選擇」了這個男人。

「不管我去哪裡都可以嗎？」

「是啊，隨妳高興去哪裡。」

「是嗎。那麼，您住在哪裡？」

「咦？」

安．多克半張著嘴。面對他這副德行，歐莉葉特雙手扠腰站在他面前。

「我在問您家在哪裡呀？我一直想自己作飯和洗衣服的。這樣剛好，請你雇用我吧。」

「……妳是認真的嗎？」

「是呀。只要我造訪過您的住處後，感覺還不壞的話。」

然後，歐莉葉特開心地微笑說道：

「我可不介意被您雇用呢。」

「歐莉葉特……」

角鴞開口說道。

「歐莉葉特，為什麼妳得到自由之後，卻不離開呢？」

面對角鴞的疑問，歐莉葉特回過身來，面向角鴞瑟縮的背影說道：

「哎呀，因為……」

她笑著說：

「『什麼地方都不去』……不也是自由選擇中的一個選項嗎？」

聽到她的回答，角鴞用雙手蒙住了臉，眼淚撲簌簌地流下。

她想著歐莉葉特的事。

還有，貓頭鷹的事。

以及她所說的，不到任何地方也是自由的話語。

（貓頭鷹。）

她呼叫著他的名字。

（貓頭鷹。）

（你叫我高興去哪裡就去哪裡。）

（那個時候，我是不是也能選擇待在你的身邊呢？）

（我是不是也能到你的身旁呢？）

不對，並非如此。角鴞從來沒有被任何人允許過什麼。那天在黑暗而嘈雜的夜之森裡，她不是第一次做了選擇嗎？

（就算你不允許，我依舊會待在你身旁。吃我嘛，夜之王啊。）

她知道了如何哭泣，她想起來，這是被他們教會的。

「……嗚……嗚……」

話雖如此，她愈是哭泣，不知為何胸口就緊得難受。

當角鴞感到喉嚨有如被燃燒一般，胸口塞得喘不過氣來，卻聞到了輕柔的香味，角鴞被歐莉葉特從背後輕輕地用手臂抱住了；她的頭受到歐莉葉特輕柔地撫摸，接著她明白了歐莉葉特也流著眼淚。

角鴞作勢拂開歐莉葉特的手。她就是想拂開她的手，必須拂開她的手。然而，歐莉葉特以顫抖的聲音說：

「不容易啊……」

抱住角鴞的手臂，很溫暖。

「不容易啊……妳能努力活過來……」

角鴞聽到這句話，淚水如決堤般湧出，她大哭了起來。她哭著說，其實並沒有那麼痛苦，她真的不曾想過有那麼痛苦。

她對歐莉葉特說，光是要活下去就要竭盡她的全力了，她從來沒想過痛不痛苦。還有，來到夜之森之後，她每天真的都過得很快樂。

「聽我說，歐莉葉特。」

「……嗯。」

「我希望妳能教我。」

「什麼事？」

歐莉葉特一邊順著角鴞的後背問道。

「在人家送妳漂亮的洋裝或好吃的東西，對妳很友善的時候，到底該對對方說什麼呢？」

面對角鴞的問話，歐莉葉特笑著說：

「這種時候，說謝謝就行了。」

「謝、謝。」

對了，有這樣的辭彙。角鴞抓住歐莉葉特的手說：

「謝謝，謝謝，謝謝歐莉葉特。」

角鴞一邊說著，眼淚便流了出來。一定要說，角鴞心想。一定要說啊。

（謝謝，謝謝，謝謝，謝謝。）

滿溢的心情，滿溢的話語。

「角鴞……」

「嗚……謝謝……庫羅，貓頭鷹……謝謝！」

然後角鴞像是崩倒下來，忘我地痛哭了起來。

「謝謝，謝謝！」

她當時真的很高興。

真的很高興。

雖然你並沒有做什麼。

然而你傾聽了我說話。

用你那冷峻的眼睛，像月亮一樣漂亮的眼睛，看著角鴞啊。

在你的眼中有我的存在。

我才第一次知道自己活著。

謝謝你。

「我想……見到你啊啊啊！」

我想見到你，有話非告訴你不可。

歐莉葉特的眼裡似乎決定了什麼似的。悄悄地，她抱著角鴞的手臂更加重了力道。

第八章 救出II

這天夜裡，就在庫羅狄亞斯快要睡著前，半夢半醒之間他聽到聲響。

「誰？」

庫羅狄亞斯張開眼睛，在黑暗之中靜靜地問道。絕不能慌張失措，即使慌張失措，自己也是無法做出行動的。

「你知道這裡是王子的寢室還敢如此放肆嗎？如果膽敢再踏上我的床鋪一步，你將會受到全國最頂尖魔法師的詛咒！」

然而，如果是抱著犧牲生命的覺悟來到這裡，要加害王子是輕而易舉的事。庫羅狄亞斯的心臟怦然作響，凝視著黑暗。

人影很小。

「這麼晚才來打擾你，對不起喔，狄亞。」

耳裡聽到的聲音很微弱，彷彿是鈴聲作響。

「……角角？是角角嗎？」

庫羅狄亞斯瞠目問道，他感覺到對方點了點頭。

「嗯，對不起。我現在白天都受到監視，不到深夜是來不了這裡的。」

「妳受到監視……？」

「似乎是如此。不過，他們也沒有禁止我去任何地方，嗯，這裡的人也沒有阻攔我呀。」

「這樣啊……」

庫羅狄亞斯以複雜的心情回答。不同的人們所說的種種話語在他的心裡閃過。

「角鴞……我一直在等妳。」

「嗯，謝謝你。」

角鴞似乎點了點頭，並且，感覺她微微一笑。

「安迪和歐莉葉特來過這裡，告訴我有關妳的事了。我以為妳不會再來這裡了呢。」

「為什麼？」

角鴞的臉被夜晚的黑暗和頂篷的布所遮蓋，因此庫羅狄亞斯無從知道角鴞在恢復記憶之前和之後，到底有什麼樣的轉變。

庫羅狄亞斯在黑暗中閉上了眼睛。四周如此黑暗，無論睜眼、閉眼，這世界的顏色都沒有什麼不同。

「……今天國王陛下蒞臨此處。國王陛下對我說，明天要舉行消滅夜之王的最後儀式，還有，我必須參加儀式……他要我以下任國王的身分列席。」

庫羅狄亞斯清楚知道那到底意味著什麼。

在國王蒞臨的前一天，安．多克就已經來過了。庫羅狄亞斯不可能不知道那意味著什麼。安．多克告訴了他有關角鴞的事情，她額頭上刻印的意義，以及她手腳上為什麼會有那樣的痕跡。

接著安．多克稟告庫羅狄亞斯：

『庫羅狄亞斯，你會受邀參加兩天後的儀式吧。然後，你將會在那裡目睹我的行為，但是……如果可以的話，請你不要對角鴞提起這件事。』

安．多克說著，臉上露出泫然欲泣的微笑。

『不過，反正不久之後她就會發覺，然後討厭我吧。這是……沒有辦法的事啊。』

庫羅狄亞斯問他，既然如此為什麼還要進行下去？

安．多克只有對他報以微笑。他的微笑，是欲言又止的微笑。

『狄亞，也許你的手腳有希望可以動起來。』

像我這種人，會怎麼樣都無所謂吧。

庫羅狄亞斯如此說著。安．多克聽到之後，撫摸著庫羅狄亞斯的頭說：

『不要說「像我這種人」這樣的話。國王是希望藉由賦予你自由行動的手腳，讓狄亞對自己產生自信啊！』

對自己有自信。

能夠行動的手腳會帶給自己信心嗎？只要手腳能動起來，自己就能成為國王嗎？

「那個，我問你……庫羅狄亞斯。」

角鴞怯生生的聲音傳了過來。庫羅狄亞斯豎起耳朵傾聽，唯恐漏聽了什麼。

角鴞在黑暗處，瑟縮著身影說：

「如果……」

當庫羅狄亞斯想到自己的四肢將得以自由行動時，浮現在腦海裡的卻是角鴞的事。

角角是不是會哭呢？他想。

角鴞怯生生地發出如同耳語般的聲音說：

「如果我說請你幫我，你會怎麼做呢？」

對於角鴞的話，庫羅狄亞斯不禁笑了，彷彿在說，妳怎麼到現在還在問這種話。

這個答案，在老早以前就應該了然於心的。

三色鐘的鐘聲奏出絕妙的音階。安．多克聽著鐘聲，心想，這一切彷彿是已逝王妃的葬禮。

那時，安．多克還不是聖騎士，他曾爬到自己宅邸庭院裡的樹上，茫然地望著綿延的黑衣送葬行列。

安．多克抬起臉龐，正面面對展開羽翼、彷彿自己創造出寶座般的貓頭鷹。

從被捕的那一刻起，已經經過了兩個月的時間。從那個時候開始，魔物之王便被斷絕了一切的食物和飲水，猶如曝曬物一般被吊著，榨取他所擁有的魔力。

但是，他的身影，閉上眼睛的身影即使憔悴而消瘦，卻依舊保有寒氣逼人的美麗。

在鬼氣逼人的美麗之前，自己是否能揮舞聖劍呢？

「巫女，獻上聖劍……！」

國王丹德斯發出低沉的聲音，歐莉葉特以熟練無比的動作跪在安．多克的身旁。她垂下雙眼，然後將聖劍奉給自己的丈夫。

他沒有想到她願意出現在這裡。

這是安．多克打從內心的真摯想法。自從聽說在這個最後的魔王討伐儀式中，安．多克將揮舞聖劍，歐莉葉特便不肯再和安．多克說任何話。

然而，歐莉葉特在最後的關頭卻沒有拒絕。

「……妳不反對嗎？」

安．多克在取劍的那一剎那，輕輕地向歐莉葉特耳語問道。

歐莉葉特依舊垂著雙眼，輕聲說：

「我是和此劍共存的巫女。」

面對歐莉葉特的回答，安．多克再度顯露出強忍心痛的表情。如果可以，這一生中他都不希望讓她說出這樣的話。

他握住劍柄，然後拔出了劍。

映照出滿月光輝的魔力照明有兩處，聖劍反射了光芒，兀自朦朧地發光；而最為輝煌燦爛的，是被魔法師們包圍的巨大水晶。比人頭還要大上一圈的水晶裡，燃燒著藍色火焰，火光搖曳。

夜之王早已失去了魔力。

然而這依舊存在的壓迫感，是否只因他身為魔物之王的身分呢？

「將王子帶到此處……」

在丹德斯的號令之下，庫羅狄亞斯現身了。他被數名男丁支撐著，坐在比身體大了許多的轎子之中。少年王子隨著披掛有頂篷的椅子，被運送到這裡。他緊閉雙唇，先看了看國王，然後望向貓頭鷹。

魔法師們進進出出，他們將使用魔王的魔力，展開號稱是這個國家有史以來最隆重的魔法。

施魔法的目的，在於使庫羅狄亞斯的手腳甦醒，要讓他連指尖都能自在地行動。

正當魔法師們準備好魔杖時——

「請等一等。」

庫羅狄亞斯高亢的聲音，劃過僅有沉靜的呼吸聲潛藏的空間，連安．多克也忍不住回頭望向庫羅狄亞斯。

「國王陛下。」

庫羅狄亞斯毫不猶豫地直視著灰髮國王的雙眼，並說道：

「我希望能以這雙眼睛好好地看清魔王的身影。」

「……什麼？」

丹德斯低聲沉吟。

然而庫羅狄亞斯豪不畏懼，他埋沒在椅子中，再度揚起了聲音。

「在聖騎士安．多克的聖劍刺入之前，我希望能用這雙眼睛將本王國魔力象徵的存在確實地刻畫在我的眼睛裡……！」

灰髮的國王緊緊地瞪視著自己年幼的兒子，但是庫羅狄亞斯並沒有因此別開視線。這孩子竟然能有這樣的表情——一瞬之間，這樣的念頭掠過丹德斯的腦海之中。他覺得眼前的少年，似乎不是平日畏畏怯怯仰望著自己的兒子。

「……好吧。」

國王點了點頭。

「將庫羅狄亞斯帶到前面來。」

王子所乘坐的轎子被抬到前方，轎子被靜靜地放置在方向筆直的紅色絨毯上。他緊緊地盯著離他還有一段距離的貓頭鷹身影，貓頭鷹那被透明的線所吊住的羽翼、身體，以及依舊不失其威嚴的身影。

王子似乎恨不得能將貓頭鷹的身影烙印在自己的眼裡。

就在丹德斯心想也差不多看夠了，要命令將王子帶開的那一瞬間。

「角鴞，趁現在！」

在場的每一個人都不敢相信自己所聽到的。就在他們目瞪口呆的那一剎那，庫羅狄亞斯轎子下方的布突然裂開了。

接著，有個身影一躍而出。

「角鴞！」

安．多克喊叫道。角鴞簡直如同剛見面的時候——瘦骨嶙峋的那時候一般——穿著一件單薄的上衣，她像一發子彈飛奔而出，跑了起來。

「擋住她！擋住那個女孩！」

丹德斯如大砲一般狂吼。魔法師們一驚，紛紛準備施以魔法。但是，這些魔法師們原本都準備好施魔法來促使庫羅狄亞斯的手腳重生，要施加下一個魔法還需要一段時間。

安．多克比任何人都快一步要去捉拿角鴞。

然而，他的手腕卻被緊緊地捉住了。

「嗚！」

他往一旁看過去，原來是自己的妻子，她的眼神堅定有力。

「讓她去吧，安迪。」

「她去了又能怎麼樣！」

安．多克高聲說道。讓角鴞一個人奔向成為那副模樣的夜之王身邊，又能如何呢？

「我們就是要看清楚，到底會發展成什麼樣子呀！」

歐莉葉特的話強而有力，她抓住安．多克手腕的指尖亦然，讓他難以違抗。

安．多克焦躁地望向角鴞。

角鴞奔跑著，她一心一意跑在紅色的絨毯上。她跑向貓頭鷹的身邊，那展開了羽翼的俊美夜之王身邊。

「貓頭鷹！」

她一心一意地呼喚著他的名字。

她的胸前握著一把具有美麗銀柄的小劍。

身穿巫女正式服裝的歐莉葉特，看到角鴞的樣子不禁佇立在入口。站在那裡的角鴞，撕破了衣服，身上只剩一件白色的單薄衣裳。

「角鴞……」

「歐莉葉特，對不起。」

角鴞如此說道。

「我還是必須走。」

「……妳還是要走啊，角鴞。」

歐莉葉特快要哭出來似的，微微一笑說道。看到她這副表情，角鴞也差點哭了出來。

「那個……」

角鴞的眼眶中浮出淚水，無法繼續言語。歐莉葉特溫柔地抱住她的身體。

「……如果有女兒的話，也許就會是這種感覺吧。」

她早已放棄生育自己的孩子，她曾經為此哭泣著向安・多克道歉。正因為他愛著她，而她也深愛著他，所以不得不哭泣著道歉。安・多克不會去責備歐莉葉特，正因為她知道這一點，所以更不能不為此致歉。

他們之所以不曾向孤兒院認養孩童，是因為他們將這個國家視如自己的孩子。

「對不起，歐莉葉特。」

「妳不用為這件事道歉的。」

角鴞用力地將手腕繞住她的背部，並且說道：

「那個，我真的很高興能穿漂亮的衣服。飯菜都很好吃，棉被床鋪也都好柔軟，我真的很幸福。」

這不是謊話，這絕不是謊話。

「……這樣啊。」

歐莉葉特的附和，彷彿充滿慈愛的聖母一般。

角鴞心想，啊，就像媽媽一樣。

雖然她不知道也不了解，但一定是這個樣子吧？世上的母親，就是這個樣子的吧？

雖然如此——

「雖然如此……我還是想回去。」

我有自己的歸屬。

「我想回到有貓頭鷹的森林……我是不是很傻？」

對不起，對不起，妳對我是那麼地溫柔。

大家對我是那麼地溫柔。

歐莉葉特聽到她的話，溫柔地撫摸著角鴞的頭，在她的耳邊稍稍惡作劇似地一笑，然後說道：

「女孩子啊……一談起戀愛，每個人都會變成傻子唷。」

角鴞為這句話眨了眨眼。

「歐莉葉特也……曾經成為傻子嗎？」

角鴞擦乾了眼淚問歐莉葉特，歐莉葉特則湊近角鴞的臉，噗哧地笑了一聲。

「如果不是這樣，我才不會嫁給那個窩囊廢為妻呢！」

角鴞也被她的這句話逗得笑了出來。

「這把小劍……」

歐莉葉特說著，將一把小劍塞入角鴞手裡讓她握著。那是設計簡素而優美的小劍，連角鴞也一眼便知道是貴重的物品。

「歐莉葉特，這是……」

被放置在手中的小劍冰冷沉重，角鴞肩膀一震，向歐莉葉特問道。

歐莉葉特溫柔地笑著。

「拿去吧，我把它借給妳。這是在我成為聖劍巫女時被賦予的小劍，這是神殿代代相傳的劍，雖然是這種形狀，但和那把聖劍的劍刃來源是相同的。要割斷束縛住夜之王的絲線……必定唯有這把劍才能辦到。」

「真的可以嗎？」

懷著種種心情，角鴞向歐莉葉特問道。

可是歐莉葉特不是安・多克的妻子嗎？不是這個國家的巫女嗎？

即使如此，歐莉葉特仍然溫柔地笑著說：

「去吧，我摯愛的……角鴞。」

角鴞就這樣取過那把小劍。

想像的痛楚撕裂了身體，感覺想要嘔吐。

然而，她卻緊緊握住毫不鬆手。

（我要戰鬥。）

在這之前，總是聽從別人的吩咐，總是接受命令而活了下來。從來沒有自己想過要獲得什麼。

（和你相遇後，我才開始懂得。）

和你的相遇。

是角鴞的人生當中，第一次自己做出的選擇。

（我要讓你恢復過來，為此我要戰鬥。）

如果是現在，我願意向神明祈求——角鴞第一次在心裡這麼想。

「貓頭鷹！」

角鴞用小劍割斷了像絹絲一般，纏繞在貓頭鷹身上的細線。

「貓頭鷹、貓頭鷹，睜開眼睛啊！」

她哭著呼喚他的名字，貓頭鷹彷彿死去的臉龐俊美絕倫。角鴞只覺得背脊發涼，不是為了他的俊美，而是角鴞怯懼於也許會失去的恐怖。

已經有太多的事情讓角鴞感到害怕不已。

但是貓頭鷹聽到角鴞的呼喚，微微地，僅只微微地張開了眼睛。淡淡的月光，靜靜地從雙眸傾洩而出。

「貓頭鷹！」

貓頭鷹的身體獲得自由之後，第一件事便是用他的手，抓住角鴞的手腕。

抓住角鴞握著小劍，纖細且色素沉澱的手腕。

「痛！」

貓頭鷹的手指極為纖細，雖然失去生氣，但是仍保有驚人的力量，角鴞手中的小劍掉落在地面上。

「角鴞！」

安．多克以焦躁的聲音呼喚她的名字。

歐莉葉特也吸了一口氣。

小劍發出厚重的聲響從角鴞的手中掉落。

貓頭鷹湊近臉龐看著角鴞說：

「妳不是說過……討厭刀子嗎？」

一切都沒有改變，就跟當初相遇那時一樣，這是貓頭鷹的聲音。

聽到他說的話，角鴞笑了。

那是前所未有的堅定笑容。她不顧從眼眶落下來的一滴淚水，放話道：

「這才不算什麼呢！」

角鴞說著，跳起來抱住貓頭鷹的脖子。

她緊緊地擁抱貓頭鷹，彷彿她纖瘦的手腕生來就是為了要擁抱他而存在似的。

貓頭鷹稍稍地瞇起了眼睛。

然後，緊緊地、緊緊地回抱住角鴞的身軀。

從月夜的邂逅開始，經過了相當長的一段時間，兩人終於將彼此擁抱入懷。

臟。

「安迪！」

丹德斯的額頭上青筋暴露，呼喊著聖騎士的名字。

「聖騎士安．多克！給我將魔王斬了！這是國王的命令！」

魔法師們又開始準備施以新的魔法。丹德斯高聲呼喊，要安．多克先將聖劍刺入貓頭鷹的心臟。

「不用有所顧忌，連同角鴞一起斬了！」

聽到國王以強而有力的語調命令，安．多克甩開了原本抓住自己手腕的妻子的手。

歐莉葉特發出悲鳴一般的呼喊。

然而，安．多克頭也不回，高高地舉起了聖劍。

角鴞緊緊地閉上了雙眼。

即使就這樣死去也無所謂。

她曾經好幾次想著同樣的話，即使和內心完全相反，她還是如此想。

「安迪！」

呼喚名字的是庫羅狄亞斯，而安．多克手中的劍劈了下來。

就在此時，傳來了更大的聲響，彷彿像是玻璃破裂似的。

「！」

周圍突然有如旋風捲起似地搖晃了起來，在場的每個人都瞬間失去平衡。

「安．多克，你做什麼……」

四周發出有如瀑布奔流的聲音，周圍的空氣騷動不安。

呼天喊地的狂熱漸漸退去，一切結束之後，還站著的只剩安．多克與貓頭鷹，以及被抱在貓頭鷹懷裡的角鴞。

安．多克的劍劈向的並不是貓頭鷹的心臟。

貓頭鷹的羽翼彷彿在做深呼吸似地晃動了好幾次，那是失去的魔力得到恢復的一瞬間。

安．多克所劈裂的，是聚集了貓頭鷹魔力，燃燒藍色火焰的水晶。

「安迪，你……」

丹德斯在退到一旁的魔法師支撐下立起身軀，以充滿憤怒的聲音呼喚他的名字。

然而安．多克卻如往常一般，悠哉地聳了聳肩，大刺刺地向國王說：

「抱歉了，國王。如果被夫人棄而不顧，我就慘了。」

他的口吻，就像是回答一個有數十年交情的老朋友。

「貓頭鷹、貓頭鷹，你要不要緊？」

角鴞跟不上突然發生的變化，只能湊近臉龐直視著貓頭鷹，用擔心的口吻向他問道。

貓頭鷹不理會她的話，只將自己的視線對準了角鴞那帶有三白眼的眼睛，用低沉的聲音問她：

「妳為何來此？」

面對這句話，角鴞皺了皺眉頭。她微笑的表情好像快哭出來似的。

「你為什麼覺得我不會來呢？」

「妳應該已經得到幸福了。」

「我是得到了幸福。我得到了溫熱的飯菜、漂亮的洋裝、柔軟的毛巾、鬆軟的床鋪。但是……」

角鴞面對兩輪月亮說：

「但是，卻沒有你。」

貓頭鷹瞇起月亮般的眼睛。

「妳真是愚蠢得無可救藥。」

「我不了解你在說什麼。」

角鴞撲簌簌地掉眼淚。

「事到如今，不要說那麼難懂的話呀。不管怎麼樣都好，我們回去吧？回到那座森林去吧！」

「……」

貓頭鷹用長長指甲的指尖，拭去角鴞臉頰上的眼淚。

「我以為妳是不會哭的。」

「我學會了怎麼哭泣。」

角鴞流著淚，抬起了臉頰。

「我也學會了怎麼笑，你會討厭變得這麼像人的我嗎？」

「不……」

貓頭鷹說著，用他的手指梳過角鴞的頭髮。

就只為了讓角鴞額頭的刻印能看得清楚一些。

「妳是角鴞，而我……是貓頭鷹。」

這就是他的答案。

貓頭鷹的羽翼振起。整個地下室充滿魔力與風，席捲而上。然而對著擁抱幼小少女的夜之王，灰髮的國王豪不畏懼地高聲呼喊：

「你們還愣著幹嘛？魔法師們，利貝爾！快、還不快一點！」

但是，魔法師們都未能施以更高明的法術。

在滿月的現在，充滿魔力的此刻，在近處居高臨下的魔物之王，他渾身滿溢著恰如其名的威嚴與力量。由於感受得到他的魔力，魔法師們為此顫抖不已。

「你們在做什麼！快，將魔王……」

「請不要這樣！」

對著催促魔法師們奮起的丹德斯，庫羅狄亞斯高聲喊道。

「請不要這樣，父王。請不要這樣！」

角鴞被貓頭鷹以單手抱住，從他的懷裡看著庫羅狄亞斯。

她看著當她對他說「幫幫我」時，報以微笑的他。

『我會照妳說的行動。』

她看著如此回答而報以微笑的庫羅狄亞斯。

庫羅狄亞斯此時垮下臉，似乎快要哭了出來，然而卻還是口口聲聲喊著「父王」並繼續哀求。

「已經……已經夠了吧，父王！如果是為了我，我真的不要緊，請不要這樣啊！」

「庫羅狄亞斯……」

丹德斯茫然地看著庫羅狄亞斯。

「庫羅狄亞斯……你到底在想什麼……」

「因為，角角是我的朋友啊！」

眼淚滴在庫羅狄亞斯的臉頰上。在王妃過世後、丹德斯和庫羅狄亞斯分開居所以來，這是第一次看到他掉眼淚。

「角鴞是我的朋友！我不希望為了讓自己獲得自由行動的手腳，而必須讓我的朋友哭泣！」

「狄亞……」

在貓頭鷹的懷抱中，角鴞呼喚著這個名字。

但是，庫羅狄亞斯向丹德斯喊叫道：

「如果這樣的身體不能成為國王的話，就請您去找別的繼承人，即使如此我也不介意！但是……但是父王，請讓我……求您請讓我……雖然我的身體如此，但是，但是我依舊是您的兒子，父王！」

一邊哭泣，庫羅狄亞斯一邊哭泣著，口中還是呼喚著父親。安・多克和歐莉葉特佇立著，將這樣的光景深深地映在眼裡。

「庫羅狄亞斯……」

丹德斯帶著困惑的語氣呼喚著他的名字。

「狄亞！」

角鴞從貓頭鷹的懷抱中，呼喚庫羅狄亞斯的名字。

「狄亞，你聽我說，狄亞……」

庫羅狄亞斯流著眼淚注視角鴞，並且，向擁抱著角鴞的貓頭鷹看去。

「狄亞，對不起、對不起。」

角鴞知道自己說了強人所難的話，她知道自己的要求很過分。

她很高興即使如此，他還是願意聽她的要求。

「對不起，謝謝……」

「這沒什麼，角角。」

庫羅狄亞斯不去擦乾眼淚，然後笑了。

「因為我從妳的身上得到了許多，學到了許多。所以，真的不要緊的。」

他的微笑看起來很溫柔。

他微笑起來很像如今已經過世的王妃。

這時，突然聽見低沉的聲音說道：

「小王子啊……」

到底是誰的聲音？在瞬間的迷惑之後，庫羅狄亞斯吸了一口氣，抬頭看了聲音的主人。

「夜之……王……」

擁抱角鴞的夜之王，正用他金色的眼睛看著庫羅狄亞斯。

「擁有毫無用處四肢的人類王子啊，你以這副身體，還想要坐上國王的寶座嗎？」

聽到貓頭鷹這麼說，角鴞訝異地抬起頭來看他。庫羅狄亞斯則緊閉雙唇，點了點頭。

「如果父王允許我……不，如果我有那份才幹，即使我的四肢如此，我也要成為這個國家的國王。」

聽到如此果決的回答，貓頭鷹輕輕地將兩翼拍動數下，然後降落在庫羅狄亞斯的身邊。

「魔王，你要做什麼！」

國王甩開魔法師們，挺身而出。

「不要碰我的兒子，你要對他做什麼！」

安．多克也立刻在一旁握住劍，微幅地擺起架勢擺起了陣勢。在這當中，一度放下角鴞的貓頭鷹用他修長指尖上的指甲，靜靜地劃過庫羅狄亞斯的兩臂以及雙腳。

「！」

庫羅狄亞斯倒抽一口氣。在他的雙臂、雙腳上有奇妙的圖紋環繞，並發出淡淡的光芒。

在這樣的光芒滅去時，庫羅狄亞斯的身體發生了變化。

緩緩地，真的非常微弱地顫抖著。

即使是這樣，庫羅狄亞斯仍然慢慢地抬起了他的右臂。

「啊……」

丹德斯也佇立在原地，瞪大了眼睛。安．多克愣住了，歐莉葉特則泛著眼淚，用手掩住了嘴。

魔法師們因為事出突然，都說不出話來。

然後，緩緩地，彷彿剛出生的小鹿要站起來般花了些時間，庫羅狄亞斯用他的雙腳從椅子上站了起來。

「夜、夜之王，這、這是……」

庫羅狄亞斯站立起來抬頭看著貓頭鷹，茫然地問道。

他曾經覺得夜之王是那麼地可怕，然而現在卻絲毫不覺得恐怖。

「也許受詛咒的王子會被眾人所蔑視呢。」

貓頭鷹用低沉而平淡的聲音說道。

「如果你能接受別人蔑視你的雙手雙腳，認為這是魔王的詛咒，那麼就用這副手腳……活下去吧，人類的王子。」

庫羅狄亞斯將自己的雙手握緊好幾次，然後又鬆開。

夢寐以求的，可以活動的四肢。

雖然鮮麗的圖紋乍看之下確實會驚嚇到別人，然而——

「狄亞！」

角鴉的眼睛閃閃發光，她向庫羅狄亞斯伸出雙手，擁抱住他說：

「狄亞的雙手和雙腳好漂亮！」

角鴉開心地笑著說。

「好漂亮喔，都好漂亮呢！」

聽聞她這麼說。

「……謝謝妳，角鴞。」

庫羅狄亞斯也打從心底笑了，用得到自由的雙臂，就這麼一次將角鴞抱緊。

「也謝謝……夜之王。」

然而，貓頭鷹似乎沒有在注意庫羅狄亞斯的道謝。

他彷彿失去興致一般忽地別過臉龐，然後再度升至空中。每個人都能察覺到，啊，接下來他要回到屬於自己的森林裡。

「啊！啊！貓頭鷹！」

角鴞慌慌張張地伸出雙手，彷彿要去抓住貓頭鷹。

「我也要！我也要一起回去！」

「……」

貓頭鷹保持沉默，彷彿瞪著眼似地俯瞰角鴞。

「反正你要回去，那就帶我一起走吧！你留我一個人在這裡也沒用，因為我會自己走過去！從這裡到森林是很近的，逃走也沒有用唷！」

因為角鴞雙手扠腰做出這樣的宣言，所以——

「……」

貓頭鷹輕輕地嘆了一口氣，然後又輕飄飄地將角鴞用手臂抱了上來。

哇！角鴞似乎很幸福地高聲尖叫。

「角鴞！」

安．多克此時對著角鴞喊了一聲。

「啊……安迪、歐莉葉特！」

角鴞像是行李一般，被貓頭鷹單手抱住，她探出了身軀。

「呃、那個、那個……」

她感到有許多話非說不可——謝謝、對不起、謝謝你們。

角鴞心想，這些話是不是足以代表她想說的呢？

到底是為什麼呢？明明他們教了我那麼多話啊……

語言，似乎是學得愈多，愈發覺得不夠用。

「呃、那個……」

角鴞的眼淚滲了出來。為什麼呢？角鴞也不明白自己到底是悲傷，還是感到抱歉。

歐莉葉特看著角鴞這副模樣，悄悄地微笑。

「……隨時都歡迎妳再來呀！」

歐莉葉特若無其事地告訴角鴞這句話，不顧眼眶中泛出的淚水。

「我等妳唷。」

就像平常一般，溫柔地微笑著說。

安．多克在一旁笑了。

「只要妳厭倦了森林的生活，就馬上過來喔！我們再一起去市場玩啊！」

聽了他們的話，角鴞的臉感動得皺成了一團，頻頻點頭。

擁有過溫暖幸福的生活，遇到過溫柔善良的人們。但如果非得選擇其一的話……

角鴞不會再猶豫不決。

「……夜之王啊。」

接下來開口的，是不知何時站在庫羅狄亞斯背後的丹德斯。

灰髮的國王像平常一樣皺著眉頭，用肅穆的神情，以他低沉的聲音緩緩地說：

「……不求你的原諒，夜之王啊。但是——」

丹德斯說到這裡，頓了一頓。

然後，他告訴貓頭鷹：

「……打從心底……感謝你。」

「父王……」

庫羅狄亞斯抬起頭看著自己的父親，呼了一口氣。

貓頭鷹似乎也對這個回答並不特別感到興趣。用力地拍振羽翼，就要消失在黑暗之前，貓頭鷹和丹德斯相對。

「……如果你是選擇國家的國王，就用你的雙手，試著建設出一個美好的國家吧。」

這時，角鴞唐突地發覺到一件事。

（啊，對了。貓頭鷹也是……）

貓頭鷹說不定，原本也會登基成為人類的國王啊！

想到這裡，角鴞似乎有種難以言喻的感受，緊緊地貼近貓頭鷹，抱住了他的脖子。

啊，原來在言語無法傳達的時候，這樣做就對了。

就像歐莉葉特對待她一樣。角鴞感覺到，自己第一次明白了如何運用自己的四肢。

面對突然纏抱的角鴞，貓頭鷹顯露出深感麻煩的表情，然而他卻輕巧地吐了一口氣，靜靜地撫摸著角鴞的頭。

看到他的動作，安・多克和歐莉葉特兩人相視，輕聲地笑了。

就這樣，角鴞和貓頭鷹彷彿溶化在黑暗之中一般，消逝而去。

一陣風輕輕拂過，在下一個瞬間，他們倆不留蹤跡地消失不見。

王城的地下室簡直就像剛走了一場強烈的暴風雨。

「他們走了……」

安・多克喘了一口氣。「是啊。」歐莉葉特微笑著，輕輕地向安・多克奉上劍鞘。

安・多克以優美的動作將聖劍收回劍鞘之中，交給歐莉葉特保管。

「好了，這樣一來，要收拾善後可就得大費周章了唷。」

「你說的沒錯。」

對著輕描淡寫的安・多克低聲附和的是丹德斯，這位灰髮的國王保持著一貫不悅的表情說：

「安迪，你必須負起責任，我要你工作個沒完。」

「什麼？等等啊！國王，到底是哪門子的責任？我嗎？」

「當然了。偶爾也該工作吧，你這個懶惰鬼！」

安．多克沮喪地念著怎麼會這樣，歐莉葉特則在一旁嗤嗤地笑著。

「國王……」

庫羅狄亞斯怯生生地抬頭看了丹德斯說：

「那個……」

庫羅狄亞斯知道，背叛國王，必須受罰的人，首先就是自己。

「狄亞。」

「是、是的！」

聽到對方呼喚自己的名字，庫羅狄亞斯搖晃著肩膀做了回應。父親正用灰色的眼睛望向自己，他的表情嚴肅，眼光銳利；但是，庫羅狄亞斯並沒有把視線從父親身上別開，並沒有像往常般做出俯首的動作；他緊緊閉起雙唇，從正面看著自己的父親——丹德斯。

無論是賞是罰，他都打算心甘情願地接受，他並不感到絲毫的後悔。他也不認為自己被父親嫌棄，只覺得自己只不過是為了自己，並且為了這個國家做了該做的事。

丹德斯俯看著庫羅狄亞斯，張口似乎要說什麼，卻又閉上了嘴，瞇起眼睛。

他向前一步，緊緊地抱住庫羅狄亞斯的身軀。

對於他突然的擁抱，庫羅狄亞斯睜大了翡翠般的綠眼睛。

「國……王……？」

丹德斯沉默不語。他只是緊緊抱住自己的兒子，用力地閉上眼睛，肩膀微微地顫抖著。

強力的擁抱讓人感到疼痛，這對笨拙的父子，連如何溫柔相擁都不曾明白。

然而庫羅狄亞斯卻閉上了雙眼。

——原來，自己一直渴望父親的擁抱。

擁抱只是一瞬間的事。在放開庫羅狄亞斯之後，丹德斯的表情又恢復為嚴峻的國王。並且，他俯看庫羅狄亞斯，以低沉而莊嚴的聲音說道：

「……從現在起，我要教你許多事。如果你有成為國王的氣魄，即使是千辛萬苦也必須跟上來。」

聽到國王這麼說，庫羅狄亞斯的眼睛為之一亮。

「……是的，父王！」

而他，正是後來被稱為具有異形四肢的偉大國王，列德亞克的小王子。

尾聲

角鴞與貓頭鷹

簡直就像是角鴞初次造訪的那個時候，森林中的黑暗騷然躁動。

隔了好一段時間再度踏上夜之森的大地，角鴞覺得有點奇怪。她立刻明白了為什麼會覺得怪怪的。是踏在大地上的觸感吧，因為自己穿著鞋子。

雖然角鴞變得有點不清楚什麼是理所當然的，而什麼不是。然而——

「這鞋子該怎麼辦呢？不穿會不會比較好？是不是沒必要呢？」

她大聲地喃喃自語。

她想，對於自己來說理所當然的事情，由自己去做決定就可以了。

「好令人懷念喔！」

呼吸著美麗森林中的空氣，角鴞用力地伸了一個懶腰。現在這樣做，手腳也不會再發出聲響了。

儘管在過去，她確實不討厭那些聲響，儘管她一直以來並不覺得討厭那些聲響。

「會有『回來了』的感覺呢！」

角鴞回過頭來向貓頭鷹說道。說起來，她本來覺得自己必須說很多的話——像是繪畫被燒掉了；對不起和謝謝；為什麼消去我的記憶啊，混帳……但是今天晚上實在發生太多事情了，角鴞心想等到明天，睡過一覺之後再說也不遲。

等到明天。

有明天，真是一件幸福的事啊。

角鴞心想。

「……妳的故鄉不在這裡吧？」

貓頭鷹首先對她說的，竟然是這樣的話。角鴞聽到後稍微歪著頭，微笑著說：

「嗯，的確不在這裡，但是我想回來的是這裡呀！」

角鴞走向貓頭鷹，從下方湊近看著貓頭鷹的臉龐。他的眼睛漸漸地轉變為銀色，天空也開始泛白。啊，天亮了，角鴞心想。

「如果貓頭鷹說想要在安迪他們的國家生活，我就會想要回到那裡。但是貓頭鷹不會這麼說吧？」

「……」

「我會選擇貓頭鷹在的地方唷！要一直一直在一起唷！」

角鴞開朗地說。

「……妳明白嗎？」

「嗯？什麼事？」

貓頭鷹輕輕吸了一口氣。

「妳明白妳在說什麼嗎？就算妳活得再久……妳還是會留下我，先我而死。」

「嗯，是呀。」

角鴞微笑著點了點頭。

她早就知道壽命的差別這種事，她知道根本就沒有所謂的永遠。然而——

「可是，我會在你身旁唷。」

角鴞彷彿理所當然似地說著。

「我會一直一直在你身邊。」

角鴞溫柔地笑著，張開了雙臂。

「我不會再無理地要求你，要你在我死後把我吃掉就是了。而且，如果變成老婆婆的話一定不好吃吧，可是、可是啊，假使我死了，我會回到土裡唷。」

角鴞仰望貓頭鷹漂亮的眼睛。

「如果我死了，我會回到這座森林的泥土裡。我會成為泥土，變成花朵，在你身旁綻放……我會一直一直在你身旁。」

這是有如耳語一般溫柔的誓言。

貓頭鷹雖然保持沉默，凝視角鴞良久，終究用他低沉的聲音說了一句：

「……隨妳高興。」

他只說了這句話。

僅僅是這句話，卻讓角鴞覺得歡喜。

（被允許，大概就是指這種事吧。）

她終於明白了庫羅說過好幾次的那句話。

不久，像是要讓他那對黑色的巨大羽翼也能得到休息似的，貓頭鷹在巨木的樹根旁坐了下來。

「嗯？貓頭鷹，你要做什麼？」

「……我要小睡片刻。」

「要睡覺，要睡覺？那我也要睡！」

角鴞笑著擅自決定，在貓頭鷹的身旁蜷縮成一團。她就像很久以前那樣瑟縮著，然而貓頭鷹的羽翼像墊子一般，睡起來有如城堡裡的床似的。

她一躺下，睡意便立刻襲了上來，角鴞心想，原來自己是這麼地疲倦。

睡醒之後該怎麼辦呢？醒來之後……對了，可以和貓頭鷹討論建造新宅邸的事，談論畫出新的繪畫的事。

然後，可以叫庫羅來，大家一起得到許多的幸福。

角鴞想著這些，打起了瞌睡，被誘入睡眠的世界裡。

就在她要睡著之前，她感覺到貓頭鷹的羽翼就像棉被似地擁抱她入懷。

儘管如此，因為實在太過於幸福……

這一切說不定是夢呢，角鴞心想。

END

外傳

鳥籠巫女與聖劍騎士

用門牙咬破嘴邊洋梨的果皮，水果飽滿的汁液滿溢口中，安．多克覺得自己清醒了。天空諷刺般地晴朗無比。

在天亮前響起的王宮的鐘聲，餘音現在似乎也還在耳朵深處繚繞不去。他凝視著遠方，覺得自己的耳朵彷彿壞掉了一樣還被那聲音纏繞著。

視野前端可見黑衣人排成一列。專心地看著那沉重行列的安．多克為了聊表敬意，丟掉拿著的洋梨核，他原本躺在庭院的樹枝上，現在則是在臂桿根處重新坐好。

形狀漂亮的肌肉附著在修長的四肢上，肌膚經過日曬卻依舊白皙，對十幾歲的少年來說，他擁有堅硬的手掌。

短短的金髮被風吹動著，給人端正又有活力印象的側臉浮現感傷之情，比天空還要澄澈湛藍的眼睛瞇了起來，眺望著莊嚴肅穆延續下去的黑色行列。

在路上排列著的城下人民頻頻拭淚，以全身表達他們的悲嘆。

哀悼王妃的英年早逝，國家為之動搖，就如同垂淚人民肩膀的顫抖。

然而，他聽見的並非慟哭的聲音，而是理應消散的鐘聲。他皺起臉，拍打著自己的耳朵。

「安迪……」

呼叫聲從他垂在樹枝下的腳下傳來，安．多克從樹上望向下方。恰好看到年齡與他最相近的哥哥——二哥——尚恩．道爾板著臉嘆氣的瞬間。

「母親正在找你，你沒有去神殿的禮拜堂啊……」

「這件事我在早餐時就已經拒絕了吧？」

沒有放大音量或提高聲音，安．多克只是落下這句話。

二哥挑起眉毛。

「又說這種不死心的話。不要在這眺望送葬的行列，直接去禮拜堂不就好了嗎？」

被這樣說的他又再次把視線移回黑衣隊伍上。不知何時，送葬的隊伍與街上的人群參雜在一起，看起來匆匆忙忙交織而成的人龍映照在視野的尾端。

他根本不想擠在那樣的人群中去禮拜堂，況且，他在之前的國葬中就已經和死去的王妃道別過了。

畢竟是極尊貴的人物之死，倒也不是完全沒有感覺。美麗的她的確是這個國家的王妃，也是為了成為一國之母而死去。同時，又是他母親的友人，仔細想想，或許，還是他淡淡初戀的對象。

安．多克抓著樹枝，以少年般輕盈快速的姿態，從比城牆還高的樹枝上翻越下來。屈起膝巧妙地避開落地的衝擊後，眼前看見的就是睥睨著自己的兄長那端正的臉。連眼神都沒有對上，安．多克撇開臉，咕噥出聲。

「……我沒興趣。」

只是鐘聲彷彿就這樣一直黏在耳朵裡，真的是，非常吵雜。

國葬結束後數日，有人敲響了馬克巴雷恩家的門。

安．多克誕生的馬克巴雷恩家，在魔法遠比劍術興盛的列德亞克王國可說是極稀有的名門騎士家族。家系持續傳承了超過兩百年，現在被視為嫡子的男子有三名。

在魔法興盛的列德亞克王國，騎士的地位也絕對不低，劍術與魔法是互補的關係。

馬克巴雷恩的前任當家，也就是安．多克等人的父親，在數年前安．多克十五歲時，於一場戰役中負傷而死。

他是個強大的人，現在安只留下這樣的印象。

「吉爾大哥！」

這一天來到馬克巴雷恩宅邸的，是從漫長遠征回來的長兄，吉爾・歐先。他長長的金髮綁了起來，比安・多克還要高上一個頭。

「——大家都好嗎？」

吉爾・歐先從覆蓋住肩膀、喉嚨與嘴巴的面罩後方發出低沉的聲音問。

「母親和尚恩哥都很好。」

安・多克笑著回答。

「這樣啊。」

吉爾・歐先瞇起細長的雙眼。長兄是沉默寡言的人，倒是非常適合武官這個名詞。和安・多克有一樣的髮色，一樣的眸色，然而卻和自己一點都不像，他想。

實質上是現任當家的他和死去的父親非常相似，被稱為強大的吉爾，是有名的武將。

他嚴肅的表情蒙上一層陰影，嘀咕著說：

「……雖然一聽聞愛麗狄亞王妃過世的消息就馬上啟程，但還是沒能趕上葬禮……」

「這也是沒辦法的事，畢竟哥哥人在遠方。」

安・多克聳聳肩。與那輕率的姿勢相反，如水面映照著天空般的眼眸中，有如風暴停止般地靜靜搖晃著。

「吉爾哥！我等你等很久了！」

二哥尚恩・道爾的聲音響起，從階梯上走下來。他比長兄稍微矮一點，有著與母親相似的甜美面孔。

決鬥不曾落敗的俊美貴公子，也擄獲了城下姑娘們的傾慕。

二哥還穿著整套騎士的服裝就走下階梯來，安・多克揚起眉毛。

「尚恩哥，你要去哪裡？」

正想問他今天是否被召見進城，二哥卻一臉傻眼的表情。

「你在說什麼啊？安迪，你忘了嗎？今天是聖劍的洗禮之日。」

這句話讓安・多克挑起眉毛。

「洗禮之日？葬禮不是才剛結束嗎？這次應該中止了啊。」

「本來應該是這樣的。但王妃剛過世，國事沉重之時，聖騎士的存在更是眾所期待吧。」

這是國王的指示，尚恩・道爾興奮地說著。

安・多克垂下肩膀，悄悄地嘆了口氣。

這個國家有個傳說。是關於從幾百年前開始，就象徵這個國家的聖劍。

被聖劍選中的騎士，被稱為「聖騎士」，會留名於國家的歷史之中。

然而，並非每個時代都會選出聖騎士，這一百年來，聖劍都沒有選出它的主人。

以聖騎士為目標的年輕人們，在每個月舉辦的「洗禮之日」時會聚集到聖劍之下。與聖劍面對面，等待答案。

不是由騎士選擇劍，而是由劍來選擇騎士。

「而且你們聽了可別嚇到，今天也是新的聖劍巫女的發表日。」

聖劍巫女，安・多克開始思考這個詞彙。就如同聖劍有劍鞘一般，聖騎士也有聖劍巫女——模糊的傳承記憶浮現出來。

二哥熱情洋溢說出的這句話，讓大哥小小聲地說了聲「原來啊」。

「……希琳大人要被取代了嗎？」

「那是誰？」

安・多克歪了歪頭。

「是上一代巫女。」

吉爾・歐先聲音低沉地回答，尚恩・道爾也饒富趣味地向前傾。

「安迪！好機會終於來了，你也應該來一次聖堂。總是這樣到處遊蕩玩耍，王城和實習騎士的宿舍可不是你的遊樂場！」

他突然以強硬的口吻邀請他，安．多克只是咕噥著「我就算了吧」地往後退。

「……你也去吧。」

吉爾．歐先也垂下眼眸催促他。

在這個家中，寡言長兄的命令是絕對要服從的。正因為了解這件事，小弟很沒出息地出聲求饒。

「饒了我吧！」

「饒什麼啊！不是非得要現在前去接受聖劍的洗禮，但身為馬克巴雷恩家的騎士卻不曾去過聖堂真是太過分了！你給我去！」

打從心底對著得意洋洋站在前方的尚恩．道爾嘆了一大口氣，安．多克邁出沉重的腳步。

此時，走在前頭的尚恩．道爾回頭說：

「對了～哥哥！哥哥也一起去如何？說不定，這次哥哥會被選為聖騎士也不一定，哥哥真的很適合聖騎士——」

話還沒說完，吉爾．歐先舉起一隻手制止弟弟的話。

「……我就不必了。不管接受幾次洗禮，結果也不會改變。」

你們去吧，被這句話推著，尚恩．道爾與安．多克往供奉著聖劍的聖堂而去。

到達聖殿後，人實在是太多了，安．多克不禁瞠目結舌。

從遙遠異國而來的旅人原本就會在洗禮之日集合在此地，但人潮甚至湧到神殿外面來。

「到底是為什麼……」

「應該是因為有很多人想看一眼新的聖劍巫女吧。」

尚恩．道爾也用充滿期待的眼神看向祭壇。

聖堂深處，在祭壇的最上方有一個水晶棺，收在其中的就是聖劍。透過厚實的水晶可看見聖劍的剪影，安．多克的表情也不禁扭曲。

在水晶棺旁，站著數位穿著神殿服裝的魔法師。

安．多克淺淺地嘆了口氣，逃避似地垂下眼神時，注意到一股騷動。

從祭壇對面緩慢走過來的身影。

一位女子在水晶棺前現身。

首先可以看見她美麗的波浪黑髮，編進髮絲裡的珠子髮飾反射著陽光而閃閃發亮。潔白的服裝。眼瞳和頭髮一樣烏黑。

如瓷器般澄澈的肌膚，纖細的手指，只有嘴唇稍微妝點了顏色。

低著頭站立的姿態，確實就是巫女。然而她的美貌彷彿神祇降臨一般。

「……那是誰？」

回過神來，他已經用沙啞的聲音低喃而出。尚恩．道爾耳語般地回答：

「是聖劍巫女。」

「還那麼年輕。」

安．多克的聲音彷彿責怪般地響起。他不甚開心。因為站在那個地方的聖劍使者，看起來竟然比自己還年輕。

「所以我說了吧，是來接替的新巫女。」

如此回答的二哥，視線沒有從站立著的少女身上移開。

少女挺直背脊，沐浴在眾人的視線與感嘆之中。她並未道出自己的名字。

然而她的名字，卻在一瞬之間從集合的人群之中擴散開來。

「是歐莉葉特大人。」

彷彿泡沫般渡過人浪而來的名字。

「歐莉葉特大人。」

就算一聲聲地呼喚她的名字，身為巫女的少女也沒有露出一絲笑容。緊張二字也不足以形容，她的臉色彷彿要出征般地鐵青。

那不是年輕少女所應該有的表情，安・多克想。

他覺得很不舒服地問哥哥：

「尚恩哥，那個女孩的工作是什麼？」

「巫女是聖劍的新娘。給予聖劍，以及聖騎士魔力與祝福。」

哥哥沒有轉過頭來，傳過來的只有標準答案般的回答。

在近處一名未曾謀面的男子，突然壓上安・多克的肩膀。

「喂，小毛頭，一見鍾情啊？放棄吧你。不然你也只能成為聖騎士了。只要成為聖騎士，聖劍巫女也會是你的囉？」

在騷動之中，男子的話語是否有傳入尚恩・道爾的耳朵之中呢？話語中混雜著下流的笑聲。

安・多克對於這段話感到極度不快地皺起臉。

「尚恩哥，我先回去了。」

安．多克強硬地拋下這句話，二哥轉過頭來。

「你不接受洗禮嗎？」

正要離開聖堂的安．多克揚起上顎，小聲地回答：

「這麼吵雜的地方我待不下去。」

走出去時他再次瞧了祭壇一眼。

聖劍巫女如同冰雕一般，靜靜地佇立著。

馬克巴雷恩宅邸的庭園，現在的時間還是清晨。

揮舞著的木劍發出聲響。

「……！」

木劍脫離的雙手接下了攻擊。

「我認輸了，哥哥！」

先說先贏，安．多克大叫。

將劍打飛的吉爾．歐先急促地喘了一口氣說：

「……就算劍被擊飛，也試試打過來如何？」

他調整好姿態，靜靜地說。

「手無寸鐵還要攻擊？？這玩笑開大了大哥。我的空手搏擊很爛，你也知道的吧？」

久違地接受了長兄的劍術指導。安・多克的劍一如平常地輕快，雖是習以為常的比試，但他對吉爾・歐先沉重的一擊毫無反擊之力。

說到力量就想到吉爾・歐先，說到技巧就想到尚恩・道爾。在受華美辭藻讚揚的三兄弟之中，身為么弟的他絕非劍術不拿手，只是和兩位哥哥相比起來少了點特色。此外，他也不善於在人前使劍，並未隸屬於騎士團，出現在實習生宿舍時總是在玩，所以也被稱為馬克巴雷恩家的無用之人。而他本人對這個稱號倒是很歡迎。

俯視著這樣的小弟，長兄緩緩地說：

「……在戰場上是沒辦法這樣說的。」

「是要殺人還是被殺？真是血腥的話題啊。」

安・多克戲謔地輕笑。

吉爾・歐先嚴厲地皺起眉頭，繼續說著：

「——身為馬克巴雷恩的嫡子，你也差不多該去侍奉適合的君主了。」

「守護君主守護國家，不辱騎士之名榮耀地死去？這是尚恩哥的口頭禪。」

浮現在嘴角的是嘲諷的笑容。當家的長兄不在國內的時期，與安．多克練劍是二哥的任務，這些鍛鍊總是結束在小弟的投降之中。

「尚恩．道爾他……」

「我想問，哥哥你們是為了死才上戰場的嗎？」

坐在地上，仰望著哥哥高大的身軀，安．多克截斷他的話。被問到的吉爾．歐先靜靜地閉上眼睛。

「是為了守護。最重要的，是自己的榮耀。」

「榮耀啊……」

安．多克看著哥哥從下顎延伸到頭上的傷痕。

以強力著名的他，就算受了足以致命的傷，仍然打倒襲來的敵人。這段傳奇故事，雖然年幼的安．多克並未親眼所見，但隔了好一陣子才返鄉的長兄，頭上有不忍卒睹的傷痕，聲音比老爺爺還要低沉。

『哥哥，痛嗎？』

幼小的安．多克害怕地觸摸著那些傷痕問，現在他也還記得這件事。

吉爾・歐先那時笑了。

『……不痛喔。』

吉爾・歐先告訴他，他不感到痛。那或許是一份榮耀吧，安・多克想。

然而，自己必定辦不到，同時他也這麼想。

看著掉在地上的自己的劍，幻想著戰爭這件事。

並不是害怕受傷，但也不想死。

（要怎麼說呢……）

榮耀、名譽、為了守護而戰。

各種裝飾的詞彙，也不過只是堆積起來的脆弱沙堡。

對他來說，人的生與死，並沒有那麼美麗。

天亮到日落之前，活力滿溢的城下市場，是安・多克在這個國家最喜歡的地點之一。

「從下面數來第二個！這一角我全都要。」

他身體前傾品評著店裡陳列的起司後，指著想要的商品說。

「這一角都要？是沒關係啦，不過你還是老樣子呢，眼光很高的小少爺。」

安．多克故意選擇很難取出的起司，商店老闆娘露出愉快與苦惱參半的表情。

安．多克在空的木箱上撐著下巴，一隻眼睛眨了眨。

「因為吉爾大哥回來了。他說這裡的起司最適合搭配紅酒了，所以我想準備這店裡最好的起司。」

「哎呀呀，你嘴巴可真甜。」

「既然如此，我都買那麼多了，沒有優惠嗎？」

突如其來的殺價，讓店鋪老闆娘笑了出來。

「真是敗給小少爺你了。比起劍術，你該不會更有做生意的手腕吧？」

安．多克聽了放下撐著臉的手，露出驚訝的表情。

「……妳是這樣想的嗎？」

店鋪老闆娘停下切起司的手，點點頭。

「令兄長們全都是很棒的騎士喔，但安迪小少爺，就算你在騎士之家出生，也沒有非得和令兄們走上相同之路的道理啊。你那討人喜歡的個性正是你的天賦。雖然你的臉要當商人是有點太俊美了，但還是比騎士適合多了。」

老闆娘邊將起司裝入袋中，邊低聲地說。對這段像是母親會說的話，安．多克淡淡地笑了，他伸出手。

「大姊妳也一樣，是懂做生意的美女。」

價格果然比平常便宜很多，安．多克以開朗的表情打從心裡道謝。

「謝謝妳。」

背起裝著起司的袋子，他輕快地朝市場走去。路上的行人看見安．多克漂亮的側臉後都揚起眉，活潑地跟他打招呼。他也一一地回應，腳步毫無停滯地向前走。

常被拿來和兩個哥哥比較的安．多克，贏過兄長們的或許就是他的好相處與朋友的數量。他那與生俱來，不論男女老少都能毫無隔閡地成為朋友的個性，雖然無法轉換為數值來論定勝負，但卻是大家都知道的他的優點。

以輕快的腳步踏上回家的捷徑時，他聽見馬的嘶鳴聲高聲揚起。

（——？）

安．多克停下腳步時，許多人的尖叫聲與重物崩塌的聲音同時響起。

（在下面！）

他所走的捷徑正下方就是寬廣的馬車道。他抓住旁邊的樹枝，以單手為重心滑到下面的道路上，看見許多穿白衣服的人。

（是神殿的……）

那些不是魔法師們嗎？安．多克不解地皺起眉。那些誇張的服飾令他記憶猶新。

魔法師們圍繞在倒在路邊的巨大馬車旁。馬車雖然非常豪華，但卻也非常陳舊。四處變色的白色木頭彷彿在訴說著久遠的歷史。

車輪在半空中轉動著，發出喀啦喀啦的聲響，魔法師們說：

「……發生車禍了！」

「快點去找人來幫忙！」

「巫女大人還在裡面！」

那狼狽至極的樣子讓安．多克不禁嘆息，他「喂」地出聲。

「你說裡面還有誰？」

「巫女大人還在裡面！啊啊，如果巫女大人有個萬一的話……」

「歐莉葉特大人！歐莉葉特大人！如果妳平安無事的話還請回答——！」

只出聲卻什麼都不做呢，安．多克邊想邊捲起自己的袖子。

歐莉葉特大人，那不是可以輕易忘掉的名字。只要考量這個人的身分，光想到她若是有個萬一，這些魔法師們會如此狼狽也算情理之中。

雖然崩壞的馬車的確淒慘地歪斜著，但車門卻非常堅固，勉強保持著形狀，而且四周沒有血跡，安．多克樂觀地覺得自己的直覺是正確的。

「讓開！」

他放下裝起司的袋子，拿起手邊的木片，用力插進馬車車門間小小的縫隙。

「你在幹、幹什麼！」

「住手！」

毫不在乎魔法師們的悲鳴，安．多克運用槓桿原理將體重壓上去，使力地將門撬開。老化的木頭大聲地發出斷裂的聲音。

陽光從縫隙間射入。

一開始看見的，是被光照亮的黑髮，接著，是披垂著黑髮的白皙手腕，白到看起來是如此地不健康。安．多克的眼神稍微變得銳利，他的手腕使力，一口氣將門拉開。

就算是被稱為無用之人的騎士家族小兒子，這種程度的事情也可以一個人辦到。

此時，與乍然現身的巫女那黑色眼瞳四目相交。那是與小小的頭顱不甚搭調的，大大的黑色眼瞳。略為呆滯地微微張開嘴巴，向上仰望安．多克的姿態，比在神殿看見她時更為稚嫩。

編織好的黑髮、白色的神殿服裝，他由上而下看著她。

「……什麼啊，還活著嘛。」

不禁脫口而出的呢喃，聽起來有點諷刺。

不知道對方為何沒有回應，或許是因為過度恐懼而發不出聲音吧。總之，真不愧是單純被培育作為巫女的人啊。安・多克想。

這不就像公主一樣嗎？不，自己所知的「公主」是更有內涵的人，他在心中想著。

若不是公主，那麼就只是連「還活著」都無法回答，比鳥還要膽小而已嗎？

魔法師們在背後責罵他的無禮，並且來確認巫女是否平安無事。

「放心啦，人類沒有那麼簡單就死掉的，等一下啊。」

邊說著，安・多克再度用力將四周的車門殘骸搬開，並且將手伸向一聲不吭的那個人。

形狀漂亮的手指與堅硬的手掌心。

「請把手給我，小姐。」

聲音中摻雜著笑意。

已經抬起手腕的對方，彷彿瞬間屏住呼吸。

安・多克沒有錯看那一瞬間。他的笑意消失，轉化成嚴肅的表情。

「……妳的肩膀好像脫臼了，不要動比較好。」

他探出身子觀察她的狀況後伸出手，就在他快碰到對方時，低沉的聲音響起。

「別碰我。」

那不是激動地說出口的聲音，而是彷彿祈禱的例句般，只是傳達符合的話語，那樣的口吻。動作一停下，他反而在極近的距離下盯著對方。

巫女歐莉葉特的表情突然變了。彷彿蠟人像會有的白皙肌膚上，感情消失了。安．多克探索般地盯著看她的變化。

藍色眼眸與黑色眼眸，相交的眼神沒有熱度，而是冷冷地互相睥睨著一樣。

先有動作的是歐莉葉特，她緩緩地將伸過來的救命之手向一旁揮開。

故意使用應該是受了傷的手。

「……謝謝。沒關係，我可以自己站起來。」

她漂亮地笑了。那個笑容過度堅強、冷淡，甚至是壯烈，安．多克不禁失去詞彙。

不禁失去詞彙——然而，心中卻燃起喜悅的火焰。

可說是傲慢的這個反應真是非常有趣。比起娃娃或是公主，這種回答更讓他的內心跳動。

歐莉葉特想要自己站起來，但安．多克接著行動。他問都沒問就抓住她沒受傷的另外一隻手。

「真是比想像還要漂亮的鳥兒呢。」

沒有別人聽到，他邊將她從馬車的殘骸之中拉出來，邊嘲笑似地在她耳邊輕聲說道。

無禮至極的行為，而接下來的這句話，更是一種褻瀆。

「妳想要得到自由嗎？」

彷彿無心之論，又彷彿在玩弄人心，那是就算被繩子綁起來也無法遏止的無禮。

安・多克小聲地說：

「我說啊，妳現在這樣就像被關在鳥籠似的。我問你，妳想要得到自由嗎？」

從巫女的臉上可以明顯看見，她因為這些話而感到屈辱。然而，她並未甩開他的手，彷彿這也是她的矜持。

以少女般的面容，聖母般的姿態，歐莉葉特笑了。扭曲著嘴唇。那不是聖潔少女，而是黑暗陰沉的笑容。

她說：

「如果真有辦法，那我早就自由了。」

那句話、那個聲音。

安．多克嚇了一跳，然後他點著頭——笑了。

聖劍的巫女，以及傳說中的聖騎士。

很快將會在國家歷史中留名的二人。

現在還只是兩個普通人——這就是他們的邂逅。

寧靜的夜晚，因為吉爾．歐先的返鄉，許久未曾齊聚的三兄弟，在母親入睡後各自坐在桌前，打開長兄帶回來當作伴手禮的陳年紅酒。承襲了好酒量的血脈，雖然喝完一整瓶，但每個人的臉色依舊如常。

這一晚的話題，是小弟在路邊出手相助的新的聖劍巫女。

二哥馬上就問巫女是怎樣的人，籠統含糊地回答後，安．多克反問：

「是說啊，如果聖劍沒有選出聖騎士，那聖劍巫女會怎樣？」

「不怎麼樣。」吉爾．歐先邊飲下紅酒的濃郁香氣邊低聲回答這個問題。

尚恩．道爾接著教導小弟。

「你也試著，怎麼說呢，試著思考一下啊，安迪。聖劍在這一百年來，都沒有選出主人對吧？」

「不，所以說。我就是在問，『不怎麼樣』的巫女到底會怎樣啊？」

安．多克以無法理解的表情繼續追問。

他對聖劍與巫女都極度缺乏知識。這是因為他誕生在一個古老傳統的家族裡，卻掩起耳朵避開這些地長大的關係。

長兄輕輕地垂下眼，這次換他靜靜地說明關於巫女的事情。

「守護聖劍，對參拜神殿的人及王族帶來祝福，就這樣結束一生。」

安．多克一臉咬到臭蟲的表情。

「什麼啊？太慘了吧。」

對這句低喃產生劇烈反應的是二哥。

「不要說這種會遭天譴的話，安迪！聖劍巫女可以說是聖劍的守護者！也可以說是這個國家的守護者！你怎麼可以說——」

「啊，我知道了啦尚恩哥，抱歉啊。」

二哥的說教只要一開始就沒完沒了。在他開始論述馬克巴雷恩的騎士就應該如何如何之前就要趕快打斷他。

「那如果選出聖騎士又會怎樣？」

「……聖劍巫女無論何時都要與聖劍同在。也就是說，要與聖騎士一起生活。」

吉爾．歐先的話讓安．多克不禁挑起眉。

「要跟聖騎士結婚嗎？」

不知道對這句話作何感想，他垂下眼神搖搖頭。

「不，史實上沒有這種傳統。」

「但這樣不可能吧？」

「不，不可能吧。」

插嘴的是尚恩．道爾。

「不能生孩子，就無法成為騎士之妻吧。」

這次換安．多克驚訝地反問：

「怎麼說？」

「安迪你不知道嗎？這是聖劍巫女的命運。她們因為嚴酷的魔法修練而失去生育能力。」

不知道是覺得可憐，或是覺得這也無可奈何，尚恩．道爾自己點了好幾次頭。

安．多克沉默了，為了確定這段話是真是假，他偷看著長兄的表情。

吉爾．歐先雖然也沉默著，但並沒有否定這段話。

「……什麼啊，那樣也太……」

他深深地坐進製作精良的花梨木椅子中，茫然地將嘴邊的話語吞回去。

（太過分了。）

不知道長兄是否從小弟的那張臭臉上得知他心裡在想什麼，他並未責怪弟弟。只是面無表情，靜靜地喝著紅酒；而尚恩．道爾則進入下一個話題，這次是要安．多克早點取得騎士的資格，才能進入王城。

要得到騎士的資格，就必須接受騎士團的入團測試。雖然之前一直東晃西晃無所事事，但一定要在大哥在的期間完成這件事！二哥表現出他的決心。

「聽好了，安迪，好歹你也是古老的馬克巴雷恩家的嫡子，都這個年紀了還沒有得到騎士的資格，真是太敗壞名聲了！父親在九泉之下也會哭喔！」

「好啦，再看看啦……」

安．多克回答的態度有著明顯的落差，視線也逃避地游移著。

「不能再看看！現在馬上！明早馬上！你這傢伙膽敢做出有辱馬克巴雷恩家的事情看看，我一定會代替死去的父親斬殺你！」

正義感很強，騎士精神滿溢的尚恩．道爾，平常就對弟弟的怠慢多有怨言。父親過世之後，長兄繼承家長之位，對尚恩．道爾來說，父親和兄長都是他尊敬的對象。

「……你還沒有想得到騎士的稱號嗎？」

吉爾．歐先靜靜地問，安．多克一臉不爽的表情。

「怎麼說呢。那個，騎士團的測試啊……我想說我應該是考不過吧……」

他嘟嘟噥噥地說。「所以才說要特訓啊！」尚恩．道爾斷然回應，然而更有力更低沉的聲音響起。

「並不是這樣。」

吉爾．歐先肯定地說：

「你的劍術一定會通過的。」

雖然不知道這到底是事實還是勉勵，安．多克只輕輕地聳肩笑著說，是這樣嗎？

安．多克與兩位哥哥的劍術切磋，至今一次都不曾取勝。

「哥哥都這樣說了！安迪，明天就去騎士團吧？」

「嗯……騎士團嗎……」

對於激動起來的二哥，安．多克沉思著陷入短暫的沉默。

「……你不想啊？」

吉爾．歐先的問話讓安．多克垂下眼神。

『就算你在騎士之家出生——』

店鋪老闆娘這麼說了。然而，出生在騎士之家的自己，確實有身為騎士應該做到的使命。

那她呢？他想。那個眼神晦暗的少女又如何呢？為了成為巫女而生的她，只能就這樣身為巫女活下去嗎？

可以逃走的話早就逃走了。她曾這樣說過。

只要一度被出身和生活方式所囚禁，就無法一直逃避下去。只要不離開這個家，騎士的頭銜就會一直冠在安．多克的頭上拿不下來。

只要不丟下劍，不離開這個家和這一個國家。

「……我知道了。」

睜開眼睛的安．多克以酷似母親的面容溫柔地笑著。

「我會加入騎士團。」

只要是這個家的男子，就不得不放棄。

「我會接受騎士的稱號。但是……」

下定決心了。接著，他說出一個條件。

「可以讓我先接受聖劍的洗禮嗎？」

在懵懵懂懂時的記憶，究竟記住了些什麼呢？風景、氣味、食物、被抱住的觸感，或是牽著手的溫暖。

如同這些東西一樣，對安．多克來說是一句話，在他知道話語有其意義之前，就一直聽到一個聲音。

那是在睡前，或是剛睡醒時；在吃東西時、在和哥哥玩耍時，不論地點，也不管安．多克在做什麼。

實在是太常聽到的聲音，感覺就像是風聲一樣。

『欸哥哥，難道說你聽不到嗎？』

小時候，安．多克曾經這樣問。那時被問到的尚恩．道爾反問弟弟『聽到什麼？』

『聲音。』

安．多克只這樣回答。

但二哥只歪了歪頭，大哥的反應也是一樣。

歲月流逝，不知不覺間，安・多克已經不再問別人這個問題了。

並非他聽不見在耳邊響起的聲音了。

是因為他知道，只有自己聽得到那個聲音。

他也曾經覺得是自己的頭腦出了問題，但又馬上得出別的結論。

奇怪的，是那個聲音。

走過長長的走廊，安・多克回想起過去的自己。

聖劍的神殿非常的安靜。

今天不是洗禮之日。他得以進到這個房間，還是拜馬克巴雷恩這個名號所賜。

水晶棺中收藏著沉重冰冷的聖劍，彷彿在抗拒誰的手。

從劍鞘之中拔出劍身的人，在這百年之中都未曾出現。

安・多克一派輕鬆的樣子，兩手插在口袋中走近水晶棺，將兩手放在沒有蓋子的棺緣。

首先浮上來的，是他隱藏不住的臭臉。和他不時邊說「吵死了」邊遮住耳朵，那時候皺起臉的表情一樣。

接著他嘆了一口氣，笑了。

「真是的，你還真是煩死人地叫了我好長一段時間啊。」

脫口而出的話彷彿是對人所說的，但在聖棺之前沒有別人。

他忍不住說：

「你不覺得你的自我意識太強烈了嗎？因為實在是太煩了，我原本是竭盡所能地打算就這樣無視下去。」

像是面對著一個幾年來都很厭煩地相處著的對象，安．多克責難著對方。

「但是……反正都要做，我就要拉你一起上路。」

聳聳肩，他放棄似地笑了。

「我可能會後悔，你也可能會後悔吧。」

他伸出手。應該很冰冷的劍身，現在卻帶有熱度。

——舉起我吧。英雄啊。

響起的聲音，響起的話語。從他有記憶以來，就讓安．多克苦惱、苦痛的聲音。

最後，厭煩地嘆了口氣，騎士家族的老么這麼說：

「總之，我就如此選擇看看吧……選擇戰鬥著生存下去，以及神聖的力量。」

——但是，我可不是英雄啊。

這是他以「馬克巴雷恩家的老么」身分所說的最後一句話。

這一天，五色的鐘響起。列德亞克王國響起歡喜的鐘聲。

列德亞克國曆，六五九年。灰髮國王統治的時代。

聖騎士與聖劍巫女，真正地誕生了，這一天也將刻在列德亞克的歷史上。

兩人第二次的見面絲毫不戲劇化。

「嗨。」

安．多克舉起一隻手，輕鬆地打招呼。並不是可以說「初次見面」的第一次見面，說「妳好」感覺又很蠢，要說「好久不見」嘛，又還沒過很久。

讓兩人見面的並不是王城的人，而是神殿這方的人。神殿的魔法師說，一定得進行誓約的儀式才行。

到王城謁見完國王的聖劍巫女，在聖騎士誕生後搭乘著新馬車回來。和平常一樣漂亮的編髮以及白色的服裝，看起來就像將神聖給具現化。然而，與她面對面的，卻是大大超越她所想像的人物。

歐莉葉特嘴巴微微張開，茫然地呆站著。沒有笑容，宛如娃娃般沒有表情。就和第一次對話時瞬間讓人看見的表情一樣。

「是你……」

歐莉葉特以沙啞的聲音說。

「這麼說來，我還沒告訴妳我的名字。」

在那之前，這個，我可以放下來嗎？安・多克說著，將扛在肩膀上的大行李卸下。「真是的，光是一把聖劍就是超大行李啊。」他邊抱怨著。

仍然微微地張開嘴巴，歐莉葉特看著騎士原本背在背上的聖劍。那的確是與她有相同命運的聖劍。歐莉葉特不自覺地屏住呼吸。她經過長時間的修行，現在也感覺到，那把劍已經在「正確的人」的手中。

沒錯，這個男人，就是聖劍所選出來的聖騎士。

安・多克用和巨大的劍不太搭調的快活笑容說：

「重新介紹一下。我是安・多克。安・多克・馬克巴雷恩，親近的人都叫我安迪。」

他邊說邊想要將手伸出去，最後像是確認似地看著自己的手，然後將堅硬的手掌縮回，抓著頭，呆呆地說：

「妳一直都在照顧這個傢伙吧。這次，我將這個又重又任性的傢伙帶走了。」

任性的傢伙——是在稱呼那把劍——這件事也充分地傳達給歐莉葉特了。

「我是……」

「我知道。妳是聖劍巫女對吧？」

聽到這句話，歐莉葉特臉色一變。就彷彿至今都忘記自己的使命，現在突然感到羞恥般地迅速行動。

她毫不猶豫地跪在安．多克腳下，兩手結出祈禱的手印。

「咦……」

安．多克嚇到往後仰，歐莉葉特則是流暢地訴說著：

「——我，歐莉葉特．琉蕾，在此發誓。以我之身為鞘，以我之身為糧，以我之身鞠躬盡瘁。」

就算捨命，也要與聖劍共存亡。

誓約的誓詞被安．多克的叫聲打斷。

「等一下！」

突如其來的制止，讓巫女茫然失措地仰望著騎士。但其實，安・多克也是一樣地困惑。

「那個，請問，妳在做什麼？」

他謹慎害怕地問跪著的歐莉葉特。

她保持祈禱的姿勢，淡淡地說：

「……騎士大人拔出聖劍，成為這個國家的聖騎士了。而我是聖劍巫女，為了這件值得祝賀之事，進行對主人效忠的立誓儀式。」

「我懂了。請先等一下。」

安・多克用手指抵著額頭，深深地嘆了一口氣。

「請妳站起來。」

他以氣餒的聲音說著。然而，誓約尚未完成的巫女，對於是否要聽從這個指示感到猶豫。

「……這個，是命令嗎？」

安・多克的臉好像快哭出來了。

「不是，這只是我的請求。」

他誠懇地說。歐莉葉特看起來更疑惑了，但她還是慢慢地站起來。

接著，安・多克將放在腳下的皮革袋子交給她。大大的袋子裡是代代的聖騎士都會收到的許多獎金。

「巫女大人，我今天是為了將這個交給妳而來的。我實在配不上這些。」

對著完全不懂他的意思，連眼睛都不眨一下的歐莉葉特，安．多克兩手一攤，溫柔地笑著說。

「妳拿著這些走吧。去吧，不用再顧慮誰了，回妳家去吧。」

「我的，家……」

歐莉葉特聲音沙啞地呢喃著。

「沒錯。」

保持溫柔的微笑，安．多克慢慢地說著。

「妳已經自由了。」

「為什麼？」

她生硬地問。問句與表情都彷彿站在懸崖邊地悲壯。

「我是屬於您的東西。」

然而安．多克一臉傻眼的表情，像是沒什麼大不了，又像是毫不在意地說：

「那妳就去我看不到的地方吧，如此一來我也拿妳沒轍了。」

「為什麼？」

歐莉葉特的表情扭曲。像是聽到非常愚蠢、無可救藥的玩笑話一樣的表情。

「您為什麼要說那種話呢？」

安．多克一臉妳怎麼會這樣問的表情。

然後他重複的是，前幾天開玩笑般說出的那些話。

「妳不是對我說過嗎？『如果真有辦法，我想獲得自由』。我有能力讓妳獲得自由，所以我只不過是將妳從鳥籠中放出來罷了。」

「這樣對您來說，並沒有任何好處可言啊。」

歐莉葉特的話彷彿在責怪他一般。

但只像是風吹過一樣，他聳聳肩。

「對我也不會有任何的損失。我原本就只是生在騎士之家的不肖兒子——啊，要說損失，或許是有一點。妳長得很美，要放妳走是有點可惜。」

他開玩笑似地笑著說：

「但是，但是，我希望像妳這樣的美女能夠保持笑容，而且……」

說出接下來的話時，安．多克的表情突然變得認真，聲音低沉而深刻。

「如果要強迫一名女性犧牲，聖劍便失去聖劍的資格了，不是嗎？」

這句話，讓歐莉葉特慢慢地垂下眼神。她低垂著雙眼看著自己的手。

接著，究竟感覺到什麼，想到了什麼呢？歐莉葉特故意慢慢地抬起頭。

「不管我去哪裡都可以嗎？」

彷彿純潔少女問出的問題，安・多克終於理解這句話後，很滿足地點點頭。

「是啊，隨妳高興去哪裡。」

「是嗎。那麼——您住在哪裡？」

「咦？」

這句話讓安・多克徹底傻住。

安・多克的藍色眼睛溫柔地動搖著，反射出歐莉葉特那燃燒般閃耀著的黑色眼瞳。那道光確實很美麗，同時卻又讓人感受到無可救藥的黑暗。背著劍的安・多克瑟縮了一下。

歐莉葉特往前踏出一步。

「我在問您家在哪裡呀？我一直想自己作飯和洗衣服的。這樣剛好，請雇用我吧。」

安・多克形狀漂亮的眉毛皺了起來。

「……妳是認真的嗎？」

「是呀。只要我造訪過您的住處後，感覺還不壞的話。」

歐莉葉特笑了。這抹笑究竟帶著什麼意思，安・多克無法理解。

「我可不介意被您雇用呢。」

籠中之鳥，也是安・多克所稱的聖母的聲音，竟宛如宣告死亡的聲音。

成為聖騎士的安・多克回去的地方並不是馬克巴雷恩家的宅邸。而是代代聖騎士都會被賜與的寬廣大宅，當然也有一個廣大的庭院。

雖然定期會有人來整理，但聖騎士的宅邸還是籠罩著古老木材的氣味。安・多克邊將吱嘎作響的窗戶一扇扇打開邊說：

「所以說，全部都讓妳做也太奇怪了啦。」

以舊的布代替抹布，擦拭著家具的歐莉葉特，邊擦著額頭上冒出的汗邊回答：

「我說了我可以的，我可以做的就做。」

沒有什麼不方便的，歐莉葉特固執地說，安・多克發現兩人無法對話，最後只能用力咬牙無語。

看著她忙碌工作的身影，他嘆了口氣靠著背後的窗戶。

（為什麼會變成這樣呢……）

她的身軀是如此瘦弱。第一次靠近看她時，也覺得她好瘦小，幾乎讓人無法將她和那位在神殿中嚴肅佇立的少女聯想在一起。就安．多克所知，她這個年紀的女孩子，大家都穿著洋裝努力練習跳舞。當然，僕人中也有像她這種年紀的實習生就是了。

她真的想成為僕人嗎？安．多克覺得很奇怪。

「妳需要錢嗎？那些沉重的財寶還不夠嗎？」

他的問句混雜著嘆息。從歐莉葉特後背傳回來的回答帶有笑意。

「我不能拿，那些都是屬於聖騎士的。」

「但也不能只有我拿。為那把聖劍而辛苦的人是妳。雖然我以後可能會辛苦……但我也不想啊。」

邊編織著話語，安．多克越說越含糊，敷衍地越說越快。

「首先，這個家也和我不相稱！我還有馬克巴雷恩的家——」

「這裡已經屬於您了。」

打斷他的，是比身為男人的安．多克更低沉、壓抑的聲音。

（怎麼說呢。）

他抓著頭，心想，真是不划算。明明自己已經是有一定程度的覺悟後才拔出聖劍的。自己的命運，以及自己的安排下，唯一一位覺得自己有幫到她的對象，現在怒氣正盛。

（我又不是為了妳才這樣做的。）

雖然沒有說出這種不夠男子氣概的話，但也無法就此服氣。他斜睨了歐莉葉特一眼，她正怒氣沖沖地伸手擦著畫框後面的牆壁。

那感覺自暴自棄的動作，讓安．多克浮起一種不祥的預感，他下意識地站直身子。

下一個瞬間，畫框無聲地傾斜。「我就叫妳小心啊！」他大叫著奔了出去，拉住歐莉葉特的肩膀。

笨重的畫框倒下揚起一陣白色灰塵，讓人咳了起來。

「妳又想弄傷肩膀嗎？」

他掩著嘴問。

肩膀被抓住的歐莉葉特，在安．多克的懷中茫然地盯著倒下的畫框。他那輕浮的問法，想必會被那雙黑眸睥睨吧。

安．多克從極近的距離接收到那絕非友善的眼光，他並未強烈地瞪視回去，然而，他那夢幻般的藍色雙眸，比火焰還要冷，還要冰。

「妳有聽到我說的話吧。明明有聽到但卻講不聽？」

不知道要回答是或不是，猶豫而動搖著的，是歐莉葉特。

「您——」

稍微妝點了一些顏色的嘴唇，彷彿要說出些什麼，而打斷那句話的，並不是兩人中的誰，而是突然響起的玄關的門鈴。

「！」

安．多克迅速放開手，轉過頭去。

（可惡。）

他邊想著不知道該怎麼做邊大步走向玄關，打開過度沉重的門扉詢問來者何人，所為何事。

「聖騎士，安．多克．馬克巴雷恩大人。」

低垂著頭的身影傳出小小的聲音。是他認識的人。

是現任國王的親信，和平常一樣使用謹慎的口吻加上恭敬到不行的敬語，對聖騎士的他小聲地說著，在正式謁見的儀式前，請盡早到國王面前來一趟。

「這是私人的會面嗎？」

安．多克垂下眉尾問，親信無言地點頭回應。

「真是沒辦法啊。」

雖然搔著頭，但感覺也像是早已預測得到這件事。

走到他背後的歐莉葉特高聲說：

「什麼意思？國王與聖騎士的謁見儀式還沒……」

「所以說，在那之前——」

安．多克毫不在乎地聳聳肩說：

「我和他，要先來個私人的會面。」

他，指的是誰，歐莉葉特有一瞬間搞不太清楚了。這也不能怪她，在這個國家中，會在國王的親信面前，用「他」稱呼國王的又有幾人呢？

不讓歐莉葉特有糾正他的機會，安．多克輕輕地揮揮手。

他對手裡還拿著打掃抹布的歐莉葉特說：

「我還無法把這裡當成自己的家，所以妳想怎麼做我都無所謂，只是拜託不要因為那些散落一地的東西而受傷。當然，我也不會強迫妳待在這裡。那麼，我去去就回。」

只留下這些話，安．多克就先國王的親信一步，踏出這大大的房子。

留下無可奈何似的歐莉葉特，良久地佇立在玄關。

現任國王以賢明聞名，聲譽很高。原本內亂不斷，幾近荒廢的列德亞克王國，就在這位偉大王者的帶領下重新站起來。

擁有滿頭黯淡灰髮的他，被稱為灰髮國王，大大的寶座也非常適合他。

這次是非正式地謁見國王。不用說大臣了，就連近衛兵、親信等都退下了，沉靜的謁見廳裡，只有安坐在寶座上的灰髮國王，以及數台階之下跪著的安・多克。

列德亞克王國的君王，一如往常，以滿是深刻皺紋的面容低聲命令他。

「……抬起頭來，安・多克・馬克巴雷恩。」

垂著頭的騎士並未從命，仍然低垂著頭，以王室舊識馬克巴雷恩家么子的身分回答。

「這次的榮譽，對馬克巴雷恩家來說是無上的榮耀——」

然而，國王以更低沉的聲音打斷他的話。

「我再說一次。抬起頭來，安・多克・馬克巴雷恩。」

安・多克沒有回答，也沒有動作。

像是屏住呼吸般的沉默之後，開始動作的是國王。他發出聲響從王座上站起來，踩著狂暴的腳步聲，抓住安．多克的脖子使勁拉起來。

「我說了抬起頭來！安迪！」

彷彿小朋友般被強制地抬起頭來後，額頭上顯見地浮現了汗珠。

「因、因為國王的聲音聽起來好像很生氣嘛，臉看起來也很可怕……」

這窩囊的回答，讓國王用空下來的那隻手抓住他的胸口。

「閉嘴！騎士團的入團測試你這小子好幾次都散漫地應付了事，結果現在卻成為聖騎士是怎樣！啊啊死去的馬克巴雷恩在墳墓裡也會哭泣！」

「那、可能是喜極而泣……」

「安迪！」

國王有如雷劈的一聲喝斥。安．多克舉起雙手，嘆著氣對國王陳述。

「我錯了，我錯了啦！國王，太生氣對身體不好喔！畢竟這種事情我要怎麼說出口？難道我可以說，『欸或許我會成為聖騎士喔』！」

國王會那麼生氣的理由，也不是不能理解。在國王面前出現，令人期待的聖騎士，卻是已經認識十年以上的某位少年，當然會想要大叫著問到底是怎麼一回事。

所以說我才不想跟國王會面嘛，安．多克在內心不斷嘆息著。

看到他的樣子，國王萬般感嘆地瞇起眼睛，像是丟開般地放開抓著安．多克胸前的手，回到寶座上。

「……你真的成為聖騎士了啊。」

低垂著眼神，混雜著嘆息的這一句話，安．多克抓著自己的臉頰，以含糊的笑容回答了。

年輕的他很慎重，對於背負著國家重擔的對方心中的疑慮，他無法以言語來回答。

國王按著額頭。

「為何是現在？為何是你？你從來不曾說過想成為聖騎士之類的話。」

國王流露出來的神情，不是喜悅而是困惑。這個國家其他的不管哪個少年，或是哪個騎士成為聖劍的主人，他都不會出現這樣的表情吧。

正因為灰髮國王與安．多克之間極度非凡的關係才會出現這段對話，雙方都心知肚明。

然而，正因為如此，成為聖騎士的他沒有可以回應國王的話語，取而代之的是他想問的許多事情。

「……那個，我哥哥們有說什麼嗎？」

那是他一直掛在心上的疑問。

成為拔出聖劍的聖騎士後，後續就全盤交給神殿的魔法師們了。他連向哥哥與母親報告的時間都沒有，也沒有想到應該這樣做。

灰髮國王不高興地哼了聲，吐出來似地說：

「每個人都臉色大變地飛奔而來。你連吉爾和尚恩・道爾都沒說就成了聖騎士吧？」

薄情的人，三兄弟中的么弟盯著自己的腳尖聽到這句責難。大哥嚴厲的臉，二哥俊美的臉，一一在腦海中浮現。確實，自己很薄情。

但是抬起頭時，他的臉上已露出笑容。

「討厭啦，我有說喔。我說我要接受洗禮啊。自己一個人也無法去到劍的旁邊吧？」

是哥哥們幫我的喔，安・多克說著，灰髮國王瞪著他似地說：

「他們都很擔心你。說吧，你為什麼選擇現在去取聖劍？」

「沒有什麼特別的原因。」

安・多克裝傻地看著別處回答。灰髮國王沉默了下來，用彷彿要看透安・多克內心的強烈眼神盯著他。

若是在儀式上見面，屆時兩人都無法像現在這樣對話，安・多克深知這一點，他有點著急地問。

「我想問。聖劍巫女到底是什麼?」

這個問題讓國王稍微皺起眉，但緊接著就像是明白什麼了似地挺起身子。

「你這傢伙，該不會……」

「不要誤會喔!我不是迷上那個女人才成為聖騎士!」

不讓國王繼續說下去，安・多克大叫道。也不知道是不是相信了他這套說詞，灰髮國王和他一樣，給出了個不明確的回答。

「……巫女是屬於安迪你的。想怎樣都行。」

這種說法引發了安・多克的怒氣。

「所以說這很奇怪吧……」

「但是——」

打斷安・多克的，國王所說的話，比之前都還要來得低沉、深刻，並且沉重。

「你要做好覺悟，聖騎士安・多克。」

他以國王的名義宣告此事，不是對名為安迪的少年說，而是對聖騎士安・多克。

「你已經不是只屬於你自己的了。」

這句話並沒有嚇到安・多克。

他只是嘆了口氣，露出曖昧又困擾的笑容。

劍到底是什麼呢？

安靜的床上鋪著嶄新的床單，安．多克躺在上面，朝著天花板伸出手，他盯著自己的手背想著。

聖劍是一種傳承，既是一種象徵也是守護神。這件事大家都知道，但最根本的是，對自己來說，劍到底是什麼？

大哥毫無迷惘的劍很沉重。

二哥毫無迷惘的劍很美麗。

會有差異存在，是因為持劍者的意識不同之故。那麼，對自己來說，劍到底是什麼？

沒有參加過戰爭的自己，對於爭鬥可說是一無所知。

血比水溫熱。有獨特的氣味，有黏性。對血他就只有這樣的印象。

被父親帶去狩獵幾次。狼、鳥、熊、牛、接近魔物的生物，每一次都很簡單。

他沒有認真地斬殺過某個人。

還是有所不同吧，野獸與人類。血帶有溫度、有氣味、有黏性的，這幾點是一樣的。

父親與兄長都沒有教過他其中的差異。誰可以教他呢？究竟哪裡不一樣呢？

斬殺野獸時很簡單。

所以，殺人的時候，應該也很簡單吧。這並不是虛張聲勢，就是因為簡單所以他才怕。

瞥開的視線落在聖劍上，聖劍現在什麼都不說。那長久以來縈繞在安・多克耳邊的聲音，在他手握劍柄的瞬間煙消雲散。

他並不覺得寂寞，但也不覺得清靜。反倒是覺得，聖劍就此與自己同化了一樣。

（英雄。）

聖劍是這樣叫自己的。

戰爭的人生，斬殺人而生存下去，如果所謂英雄就是過著這樣的生活……

這樣到底與瘋癲的狂人有何不同呢？

拔出聖劍成為聖騎士，授予他聖女、財富、宅邸的國王，威嚇他要有所覺悟，讓他感到自己有多麼不幸。而現在，他斥責著安穩躺平的自己有多麼地沒用。

（我到底在幹嘛？）

他看著自己的手與不熟悉的天花板問。

（我應該快點行動才對。）

想著感情深厚的哥哥們可能會來揍他，但今天也仍未在這個宅子出現。兩人似乎也沒有去國王那裡。

他們會對自己說什麼呢？沒能成為聖騎士的，勇敢的兩個人。

明天之後就不得不見面了，但安·多克也不覺得見了面會有什麼好結果。

在那之前，自己必得先有動作才行。

他再次問自己，是在猶豫什麼呢？都這個時候了。

他並未猶豫。

只是，有些在意之處，他在心中如此回答。那是無法敷衍過去的。一直以來都未曾有所執著的自己，要說真的在意的，就是被稱為「聖劍巫女」的她。

黑色頭髮與寶石般深邃的黑色眼眸，那位活得不自由的少女。最後她還是在安·多克回到聖騎士宅邸時，沉默地惱怒著，做著女僕的工作。

（她到底在想什麼呢？）

很在意，雖然很在意……

（我不應該想這件事。）

今後自己還會對許多事情選擇放手，對於才剛認識的她也只能視而不見。

他剛這麼想的下一個瞬間——

敲門的聲音讓他從床上嚇得跳起來。

「怎麼了？」他破著嗓音回應，打開門進來的是歐莉葉特。雖然現在住在同一個屋簷下的也就只有她一人就是了，但安．多克還是非常疑惑。

「怎麼了嗎？」

一邊想著是不是有什麼不方便的，一邊又浮起不祥的預感。他還沒來得及祈禱這不祥的預感不要成真……

歐莉葉特沉默地靠近安．多克的床，非常靠近他地彎下腰來。

然後將小手貼在他僵硬的胸膛上，靜靜地說：

「為了聖騎士大人的好眠而祝禱。」

燈光照在歐莉葉特的身上，透過薄薄的睡衣隱約可看見身體曲線。

安．多克緊繃著臉，在心中對歐莉葉特大吼：（這樣最好是睡得著啦！）

他反射性地抓住那放在他胸膛上的細細的手腕。雖然沒有明確的理由，但總覺得不要被察覺他的心跳為上策。

歐莉葉特手腕的冰涼一瞬間讓他燥熱的腦袋冷靜下來，他將手心朝向她，表明自己的意志似地說：

「……回房間去。」

應該還有很多要說的，但他只有擠出這幾個字的餘力。

然而歐莉葉特並未從命，她用雙手包住他伸出的手，彷彿是由安．多克主導般，伸往她穿著白色睡衣的胸前。

歐莉葉特的指尖很冰涼，但胸口的灼熱卻透過睡衣傳過來。同一副身體所呈現出來的溫度差，讓安．多克的思考一陣紊亂。食指的指腹觸碰到她打開的領口下可見到的鎖骨，從碰到的肌膚上感受到吸附般的磁力。無意識中視線飄向她白皙到幾乎浮現出血管的脖子，安．多克的喉嚨發出小小的聲音。

無法揮開她的手。沒有多餘贅肉的身體，確實也有該有的柔軟。

「這副身體也是屬於您的。」

歐莉葉特的聲音沒有熱度，也絲毫感覺不到最起碼該棲宿在這具身體中的溫熱感。

「回房間去。」安．多克重複一次，用盡最後的自制力將歐莉葉特的身體推開。

歐莉葉特反抗地以毫無情緒波動的眼眸俯視著安．多克。

「讓騎士感到內心的平靜是我的任務，為何要拒絕我？」

「那個啊……」

「難道說，您對無法生育孩子的女人感到不悅嗎？又或者，是不喜歡這具寒酸的身軀呢？」

「住口！」

安．多克抬起頭，用力地說。無法如願克制自己的衝動，顯現出他的怒氣。

「我反倒要問妳！一個討厭自己的女子，我要怎麼把她當成我的東西？」

聽完這段話的歐莉葉特連眉毛都沒有動，以相同冰冷的聲音說：

「就如騎士大人所願。」

安．多克聽了她的話後，慢慢地牽起她的手，盤起腿，低頭將額頭壓在她的手上。

「……妳恨我嗎？妳鄙視我嗎？為什麼要這樣看待我？妳希望我怎麼做？」

歐莉葉特的黑色眼眸彷彿一片空洞，就像是深不見底的黑洞。每次與之相對都只能看到痛苦，一不小心就彷彿會被其中的暗流吞沒。

「您問我希望您做什麼？」

歐莉葉特回問。那空虛的黑色瞳眸微微地動搖了，但她彷彿要中斷自己的思考般迅速地站起來。

接著，緊緊地握著拳，喘了一口氣後，囁嚅地說：

「那就讓我反問您。聖騎士大人，可否給予我打從心底憎恨您的自由？」

安．多克被這句話嚇到而抬起頭。歐莉葉特垂下眼神，對安．多克淺淺地笑著。

「……打擾您的安眠了。祝您有個好夢。」

然後她就像個幽靈般無聲地走出房間，看著她的背影，安．多克找不出回答的話語。門無聲地關上。

被留下來的安．多克有好一陣子只是茫然地坐在床上，最後終於嘖了一聲。

他大大地伸展著躺下，罵了聲「可惡」，倒在枕頭上。

（不能猶豫。）

連一秒都無法等待。他起身，脫下自己的睡衣。

換上旅行的服裝。行李早就打包好了。雖然稍微有點猶豫，但他還是拿起聖劍。

「如果你還會說話的話。」

黑暗中，嘴邊浮現出苦笑，他靜靜地低語。

「你會怎麼說我這個英雄，又會怎麼責備我呢？」

沒有聽到回答。他就這樣離開房間。迅速地打開門，前往馬廄。

「唷！」

他瞇起眼睛打招呼，回望他的是發出甜美潤澤光芒的馬匹眼神。那是安．多克的愛馬。

他拜託神殿的人從馬克巴雷恩宅邸帶來的，就只有這匹愛馬。

「出發吧。」

彷彿回應般的輕聲嘶鳴。他就是喜歡那聲音中的元氣，這匹馬是他無上的旅伴。

將栗子毛色的夥伴牽到月光下，從背後傳來呼喚安．多克的聲音。

「聖騎士大人！」

正將行李掛到馬鞍上的安．多克停下動作。

「請問您要去哪裡呢？」

對這伴隨氣喘吁吁的問句，他以溫柔的聲音回覆聖劍巫女：「妳會感冒喔。」

就算在黯淡的月光下，也能看出臉色蒼白的歐莉葉特仍只穿著薄薄的睡衣。

「請問，您要去哪裡呢？」

她將拳頭擋在自身上下起伏的胸前，再問了一次。

安．多克笑了。

「還沒有決定。」

他沒有說謊。正因為如此，這句話才更加殘酷。

「應該我離開才對！」

歐莉葉特表情扭曲，大叫出聲。

「如果是我讓您覺得不快，那麼我……」

然而，安．多克還是溫柔地笑著，以輕快熟練的動作跨上馬。

「妳就去妳想去的地方吧。」

然後他手握韁繩，背對著月光說：

「如果妳願意聽我的命令的話，這是我最初也是最後的命令……不要追上來，然後妳要平凡地過日子，要過得幸福。」

歐莉葉特的臉變得扭曲。之所以扭曲，是來自她扭曲的生活方式，來自身為愚蠢巫女的扭曲制度，安．多克想。

但她現在還是籠中之鳥。所以她所回答的話，也就非常理所當然。

「我做不到。」

顫抖的聲音，讓人感到心痛。

安．多克從馬上俯視著歐莉葉特，他猶豫地咬著牙，最後，淺淺地嘆了口氣。

彷彿放棄了什麼般，他靜靜地笑著伸出一隻手。

「……那妳要一起來嗎？」

他已經決定要離開這個國家了。這是不會改變的結論。

他知道這一天總是會來臨的。一開始他其實連聖劍都想拋下，捨棄生存，捨棄聖劍，捨棄這個國家。

原本想要重生的。

明知會變得很麻煩還是帶走聖劍，是因為進退兩難，而對眼前少女的同情也是如此。就和馬車事故那時一樣。

那一天的相遇之後，就沒有回頭的餘地了。如果是這樣的話——

要不要一起離開呢？安．多克說。

「如果妳也無處可去的話。不是以聖騎士與巫女的身分，只是單純的旅伴。如果從旅伴開始，或許我們還能有其他的展開。」

安．多克過度感傷的話讓歐莉葉特的黑色眼眸顫抖了起來。月光反射在她的睫毛上，就像是淚水一般。

「……我做不到。」

乾涸的嘴唇，濡溼的眼眸。歐莉葉特神智不清似地重複著話語。

「我深深地——」

她用力地握拳，指甲刺進掌心之中，幾乎要滲出血來。

「愛著這個國家。」

太過空虛的一句話。這句謊言空虛到，若是不去相信它反而令人感到可悲。

她究竟被這樣培育了多麼漫長的歲月呢？如此明顯地扼殺自己，去愛著國家。

這個答案讓他嘆了一口氣，逃避視線似地看向遠方。

「……還好沒有和妳處得太融洽。」

然後他坐在馬上，撫摸著綁在旁邊的聖劍。

「這傢伙很吵，所以我知道我總有一天得去迎接祂。這麼麻煩的東西當然是沒有比較好。我打從一開始就不適合當騎士。雖然我不知道離開這個國家會發生什麼事，或許我會成為商人，過過有趣的生活吧。」

當然他並非完全聽信人家說的，他適合成為商人這件事。如果是真的就好了，安．多克心裡想。

如果是真的就好了。如果不是這樣，那起碼生存下去的方式，得自己決定才對。

「所以說，妳……也去尋找新的生存方式吧。」

這句和緩的話語，讓歐莉葉特咬緊嘴唇，用力地踩著地面。黑色瞳眸中浮現的光不是眼淚，而是轉變為像火焰般的東西。

「……您要逃跑嗎？」

低沉而顫抖的一句話，這次的顫抖和一瞬間之前完全不一樣。

黑色眼眸中浮現強光，她踏出一步，像要貫穿他般嚴肅地說：

「您在這個國家幸福地生活，被疼愛著地培育長大，還擁有那樣的能力，甚至被聖劍選上了。然而您卻一事無成，沒有守護任何東西，就要逃離這個國家嗎？」

那是激動的質問。以巫女的身分，她斷然無法原諒沒有責任感的聖騎士。她是如此地傲慢且壯烈。她的眼神比她的話語更強烈地訴說著這樣的意志。

我不允許你就這樣逃開。

這也可當成是她對長久以來的痛苦的報復。

然而，安．多克轉向歐莉葉特，與憤怒地燃燒著的對象相比之下，他那和緩的眼神動搖著，低語般地回答：

「要守護這個國家……所以妳也要我去殺人的意思嗎？」

這句話在歐莉葉特的意料之外，她不禁睜大雙眼。然而，安．多克的眼神馬上恢復平靜，他輕輕地笑著說：

「抱歉，但我已經不打算聽別人的話了。這把劍、聖騎士、這個國家都扭曲了，我覺得打從一開始就不要存在最好。我也不會說接下來這個國家就交給妳了，這不是妳的工作。放心，丹德斯是很好的國王。雖然看到我他就像是腦血管要炸開般地暴怒，但他不會咬妳的。只要有他，這個國家就可以安泰順遂。」

人們甚少掛在嘴邊的，國王的名字，安．多克習以為常地說出口。

接著他瞇起眼睛繼續說：

「對了，妳也可以待在王子身邊吧！狄亞和父親很像，我想他也會成為頑固的國王吧。雖然母親不在了很可憐，但是妳——」

「您不知道吧。」

歐莉葉特插嘴的話語輕蔑地響起。她打斷這個隨意直呼國王名諱，對國家未來非常樂觀的聖騎士。

「這個國家很安泰順遂？……您明明什麼都不知道。」

聲音伴隨著她輕蔑的視線。

歐莉葉特說出只有被選中的巫女才知道的祕密。

「這個國家的王子，庫羅狄亞斯殿下——」

現在已經過世的王妃遺留下來的，世襲的王子。

「被詛咒了，他的四肢無法自由活動。」

正要握住韁繩的安．多克停下手上的動作。

他慢慢地回頭。

「——妳說什麼？」

原本一直都很和緩的表情，從他的臉上消失了。

一等到日出，安．多克便前往王城，踏進國王的執務室。後面緊緊地跟著歐莉葉特，她沒有絲毫顧慮，只是看著灰髮國王。

「……什麼事？謁見儀式傍晚才開始吧。」

國王已經坐在桌子前開始工作了。

「我有事情要問你。是關於王子的事。」

國王手邊的動作停下了，但卻沒有抬起頭來。

「王子誕生至今都已經多久了？的確現在應該服喪，但對於王子的誕生，國民不是應該獻上更多祝福才對嗎？」

他將雙手撐在桌上。

「為何要對國民隱瞞王子的事情？」

原本王子應該和聖騎士一樣受到國民的祝福才對。聖騎士與巫女，以及世襲的王子一起在人民面前現身，對這個國家而言是個多麼值得誇耀的日子。

然而，自從王妃去世之後，王子就不曾在人民面前現身。

就算強硬地追問，國王也絕口不提，也不曾透露一絲相關訊息。

「是真的嗎？……狄亞的四肢不能動，是真的嗎？」

安·多克以聽不出情緒的聲音問。

狄亞這個名字，是王妃生前為即將出生的孩子取的暱稱。

經過一段苦悶的沉默，國王終於開口。

「……他的四肢可以治好的。我會治好給你看。」

這並非安·多克想要的答案，但卻可從中感到國王強烈的決心。

「這個國家的王子，下一任國王，只有一個人。」

那是非常沉重的話語。

被稱為灰髮國王的他，即位後有很長一段時間沒有迎娶王妃。會這樣是因為他繼承王位時，這個國家太荒廢沒有任何發展。但僅僅他這一任，就讓國家重新站起來的這位名君，在接近五十歲時迎娶了年紀相差甚大的王妃。兩人感情和睦，雖然王妃體弱，但國王並未迎娶第二位王妃。

安・多克記得那是位漂亮的女子。

第一次見面，是在父親帶他去的王城中的一個房間。

『你就是那位么子啊。』

她像是要擁抱他似地伸出雙手，但少年時的自己拒絕了。

『我已經不是小孩子了。還有，我的名字也不是么子。』

完全是孩子氣的主張，現在想起來總覺得羞赧。然而聽了這段話後，她很愉快似地露出微笑。

她就如同歲月停止在少女時代般惹人憐愛。膚色白皙、擁有金髮與綠色眼眸，飄散著花的香氣。

『你在看什麼呢？安・多克。』

被問到的安・多克指著窗外。從那裡可以看見中庭中有兩個人影正在說話。那是他的父親，以及灰髮國王。

『我覺得父親與國王很奇怪。』

『哪裡奇怪？』

『說話的時候要看著對方的眼睛，王妃大人與我的母親是這樣說話的吧？』

她被這段話嚇了一跳，接著她笑了。

『是呢，如果陛下也有可以這樣說話的對象……或許能夠稍微撫慰他的心靈吧。』

彷彿看著遠方，彷彿憧憬著什麼所說出來的這段話，現在想起來就可以理解，那時她或許已經有自己命不久矣的自覺了吧。

『安・多克，我有個心願想拜託你。』

這個「心願」還真是非常強人所難的難題。

『你——能否成為國王陛下的朋友呢？』

當她懷有身孕之時，所有御醫都希望她中止懷孕。顯而易見地，生產所造成的負擔將會縮短她的壽命。

那時，安・多克也曾經去探訪臥床不起的她。

名字已經決定好了，王妃說。

『——如果是王子就叫做庫羅狄亞斯，公主就叫做庫羅狄亞。不管是男是女，都可以叫他們狄亞……』

橫躺在眼前的大大的肚子，以及實在過度耗損的身體，究竟為何要生育呢？安．多克問。

『……我是陛下獨一無二的王妃。接著，要成為這個國家的母親唷。』

蒼白的臉上浮現的笑容，說明了她的堅強。這些事情，國王不可能不知道。

國王以灰色的眼眸盯著安．多克，以強硬的口吻大聲說：

「聖騎士安．多克，你知道自己應該做些什麼嗎？」

安．多克緊緊地咬著臼齒，為自己說不出口的天真感到悔恨。

這個國家沒問題的，只要有丹德斯和王子在，就算沒有王妃、沒有聖騎士，也可以繼續下去。畢竟是兩人的孩子啊，王子生來聰慧，想必會看著父親的身影，繼承這個國家吧。

只要有與父親相同健壯的身體。

關於王子的不幸，國王至今從未提過。關於這件事，不是以一介人民，也不是以騎士的身分，而是做為一名朋友，讓安．多克非常悔恨。

另一方面，他也認為，國王不告訴他這件事是否有其他意圖。

與王妃的短短幾句交談，他至今都還記得。

『你是個溫柔的人呢，安・多克。』

『我不溫柔，我只是，非常膽小罷了。』

安・多克真的不想成為騎士。他唯一說出口的對象，只有王妃而已。而這件事，國王想必也不得而知。

只是一方面說著，你，聖騎士是屬於這個國家的，但卻不告訴他這個國家黯淡的未來，就連最後的逃跑路徑，細小狹窄的逃跑之路，也不留給他。

安・多克垂頭喪氣地緊緊握著拳頭，國王並未繼續追問他，國王的執務室又被沉重的靜默所籠罩。

一道微小的聲音響起。

「……王子的角色，就只有成為國王嗎？」

兩人一起回頭。在身後的，是一直看著聖騎士與國王的歐莉葉特，蒼白的臉頰更加蒼白，她以顫抖卻有力的聲音說：

「絕對不會抱起自己孩子的國王大人，以及感嘆王子四肢無法動彈是為不幸的聖騎士大人……成為國王，對那個小孩而言，真的是幸福嗎？」

那是過度沉靜又過度激烈的嚴厲聲討。歐莉葉特看著能夠動搖國家的兩人，黑色的眼瞳憤怒地燃燒著。這段話並非以巫女的身分，而是以此生無法生育的女性身分對這兩個男人說：

「您們對於應該被生來疼愛的孩子，到底是怎麼想的？」

接著，她紅色的嘴唇糾結著，彎下腰來。

「我先告退了。」

不等他們回答，歐莉葉特就走出房間。安．多克愣住地想要追上她，卻又停下腳步轉身。

「……國王。」

他呢喃般地叫喚，但國王卻已將視線轉回工作之中。那無言的動作已經做出回答。

安．多克一瞬間扭曲了嘴唇，困惑地追著歐莉葉特走出房間。

被留下來的灰髮國王，在門扉關上後淡淡地嘆了一口氣，站了起來，從執務室的窗戶往外看，然後獨自低語著。

「聖騎士，與聖劍巫女啊……」

那或許並不只是為了儀式而存在的，他開始這麼想。

歐莉葉特迅速地出城。安・多克也焦急地小跑步追上，發現她蒼白的臉頰染上了淡淡的紅色。

「您想去哪裡都行。」

歐莉葉特死命地盯著前方，沒有停下腳步地說著。

「但是，您是無法拋下這個國家的。」

彷彿降下神諭般，巫女斷言。

「不管去哪裡，您都會回來這個國家。」

「回到妳的身邊嗎？」

這句輕佻的話讓歐莉葉特停下腳步，狠狠地瞪著他。那因為憤怒而動搖的表情，給安・多克帶來強烈的驚奇感。

這似乎是他們第一次面對面說話。

一瞬間，歐莉葉特又轉向前方邁開步伐。

嬌小的女子踩著髮辮都跳躍起來的步伐。輕而易舉地追上，與她並肩而行後，安・多克說：

「國王是我的朋友。」

一般人聽到會大吃一驚的話語，歐莉葉特卻並未停下腳步。安・多克繼續說：

「我想我大概是國王唯一的朋友。是王妃拜託我的。」
「所以呢？王妃拜託您離開這個國家嗎？拜託您成為聖騎士的嗎？」
批判的聲音讓安・多克的表情越來越尷尬。
「之所以會成為聖騎士……算是順水推舟，但我一直都想離開這個國家。況且，我本來就不想成為什麼騎士。」
他生平第二次用這種心情說出這句話。
第一次是對這個國家已逝去的王妃；現在，是對預測這個國家未來的巫女。他彷彿告解自己的罪行地說：
「其實，我對於握住劍柄感到恐懼。」
歐莉葉特的步伐稍稍放慢了。
「您明明是騎士耶？」
歐莉葉特單純的疑問，讓安・多克不禁苦笑。
「所以我討厭當騎士。」
他將雙手枕在後腦，跨著大步走，嘴裡輕喃著：
「如果討厭自己的家人被殺害，那一樣的，我也不想讓遙遠國家的某個人碰到這種討厭的事。」

「但是，難道就沒有您非得守護的時候嗎？」

歐莉葉特垂下眼神邊走邊問。而安．多克對此的回答，果然還是太過輕巧了。

「所以說，不要有需要守護的東西就好了。」

「果然，」歐莉葉特加快步伐，像是要吐出來般地說給他聽：

「您就是在逃避。」

這句話的強度與直爽，讓安．多克也一起加快腳步，窺伺著她不高興似的表情說：

「歐莉葉特。」

因為突然被叫名字而嚇了一跳，她步伐稍微紊亂地抬起低垂的眼神。安．多克以溫柔和緩的嗓音問：

「妳的家人呢？」

「……我沒有家人。」

小小聲的回答，算是在預想範圍內。他茫然地預料到她沒有可以回去的地方。雖然知道很無禮，但安．多克無法打住不問。

「沒有……是指？」

這沒禮貌的問題讓歐莉葉特焦慮不安地移開了視線。

「我是在孤兒院長大的。我以巫女候補生的身分被徵召時，孤兒院得到很大筆的獎金。」

她彷彿呼吸困難般，胸口淺淺地上下起伏著。

「我並不覺得自己是被賣掉的。我只是回報那裡的養育之恩。」

「這樣啊。」

安．多克的回答如同呼吸般輕柔。他說不出更多感想，而是再問一個問題。

「妳喜歡這個國家嗎？」

歐莉葉特皺起眉頭。

「當然。」

「那麼，妳為何覺得自己不被這個國家所愛呢？」

出乎意料的話語讓歐莉葉特抬起頭。安．多克直視她的雙眼，迅速地說著：

「雖然我不知道巫女的魔力到底有多厲害，但是妳很可愛，也很會做菜。更厲害的是，內心還堅強到可以斥責那個臉長得很恐怖的國王。然而，為何妳總是露出孑然一身的表情呢？」

那一晚，歐莉葉特對安．多克說了「您是被需要的」，這也顯示出她覺得自己並不被需要。

安．多克以柔和的口吻，仔細說明般地說：

「這個世界不是妳的敵人。」

歐莉葉特回答之前，安．多克就繼續說下去了。他將手抵在自己的胸膛上。

「我不是妳的敵人。」

歐莉葉特的表情沒有明顯的變化。她只是輕輕地揚起眉，然後悄悄地，像是要甩開什麼似地加快了腳步。然後僵硬小聲地回答：

「我不相信。」

被歐莉葉特拋下的安．多克獨自停下腳步，他呆站著，看著那個背影說：

「……怎麼辦好呢？」

像是無可奈何的孩子般，彷彿要放棄什麼似地吐出一口氣。

「──妳究竟，希望我，怎麼做呢？」

不應該是這樣的啊，他打從心底後悔起來。

歐莉葉特與安．多克回到聖騎士宅邸，有一個身影迎接著二人，歐莉葉特停下腳步，安．多克也同樣地呆立著。

「……好久不見了，安迪。」

「尚恩哥……」

安．多克輕笑出聲，看著那個身影，他小小聲地叫出名字。站在那裡的，是與他年紀最近的哥哥，尚恩．道爾。金色的捲髮束了起來，腰上是入鞘的兩把劍。

尚恩．道爾馬上對歐莉葉特行禮。

「容我向妳打聲招呼。聖劍巫女，歐莉葉特大人，我是尚恩．道爾．馬克巴雷恩，成為聖騎士卻沒有回本家來露臉的愚弟，是否有任何失禮之處呢？」

「……您好。」

歐莉葉特只回了這樣。會有這樣的回答，是因為受到對方過於強勢的騎士氣場所影響。

「哥哥……」

安．多克以非常尷尬而苦惱的表情踏出一步。

但他還沒往前走幾步，尚恩．道爾便拔出劍，將劍刃插在前方。接著，用與劍相同銳利的聲音大喝一聲。

「拔出劍！安．多克！」

安．多克瞇起眼睛，發現插在地上的是馬克巴雷恩家的真劍。

對於這異樣的氣氛，往前踏出一步的是歐莉葉特。

「請等一下！為何要這樣……」

「請妳退下，歐莉葉特大人！」

對於高聲發問的歐莉葉特，以更強而有力聲音制止她的是尚恩．道爾。

「這是我們兄弟之間的問題。我絕對不允許這個不成材的傢伙掛上聖騎士的頭銜！」

騎士的話與其說是怒氣，應該說是更直接燃燒著的衝動。對他而言的正義，就是要透過決鬥來好好地教訓弟弟。

然而那只是徒然，安．多克是這樣想的，就連歐莉葉特也有一樣的想法。

使用剛剛教訓安．多克的嚴厲口吻，聖劍巫女斷言：

「不管您是怎麼想的，聖劍選擇的是這一位。」

然而握著劍的騎士毫不畏怯。這句話讓尚恩．道爾一瞬間猶豫，但他馬上回以堅強的眼神。

「就算是這樣，如果他真的要取得騎士的頭銜……就算別人允許，我這個哥哥也不會認同現在這樣的狀況！」

「那只是您的任性，尚恩．道爾．馬克巴雷恩。」

個子嬌小的歐莉葉特毅然決然地挺起胸膛面對比她年長許多的尚恩．道爾，勸誡他的傲慢。

巫女的勇敢身影，讓尚恩．道爾瞇起雙眼。那耀眼的表情，竟然與安．多克非常相似。

「……我知道。但是，無論這有多麼愚蠢、多麼難看……這是關乎我的尊嚴的問題。」

接著，尚恩．道爾重新面對自己的弟弟。

「安迪，拿起劍。請你諒解，這是我能給你的最後教誨。在這裡先丟掉你的膽小和溫柔，抱持殺掉我的決心動手吧。」

被這麼說的安．多克，露出無可奈何孩子般的表情。胸口很痛，而且，也有一點想哭。

教他劍術的，是兩位哥哥。

是自己無法理解罷了，無法接受他們所教導的騎士精神的，也是自己。但是，就連哥哥，他都無法不這樣想。

無法，不說出口。

「……尚恩哥，你根本，什麼都不懂……」

「安迪！」

沙啞的低語被哥哥的斥責蓋過。那是每日的鍛鍊之中不知聽過幾百次的，希望弟弟奮戰的聲音。充滿信賴、期待、愛情，以及滿溢而出的溫暖。彷彿被充滿傲慢愛情的聲音所引導似地，安．多克緩慢地動了起來。

「請不要這樣！騎士大人，我不允許您做這種事！」

歐莉葉特彷彿懇求般地說著，安．多克露出忍受著痛苦的表情。

「尚恩哥是無法接受的。」

「您就可以接受嗎？」

就像媽媽對著小孩，斥責般的巫女的話。然而安．多克並未回頭看她，只是茫然地看著自己的哥哥低喃著。

「……當然不行。」

很小聲的低語。然而那絕非謊言，也不是敷衍。

當然不行。

「但是，這就是，所謂的騎士吧？」

安．多克安靜地以手掌壓住她的肩膀。

歐莉葉特驚訝地圓睜雙眼。

「可以請妳在那裡看著嗎？巫女殿下。我所選擇的，究竟，是什麼呢。」

然後安．多克面對尚恩．道爾。

「這次的比試，我謹慎地接受了。騎士，尚恩．道爾。」

接著安・多克握住劍，然後像是回應他似地，尚恩・道爾也抓住自己的劍。

對於已經看慣的安・多克的姿勢，尚恩・道爾認真地盯著。

聽見睽違百年拔起聖劍的，竟然是馬克巴雷恩家的么子時，尚恩・道爾發出驚嘆的聲音。無法置信。然而，身邊的哥哥吉爾・歐先卻什麼都沒說。

他半信半疑地前往王城，卻無法與成為聖騎士的安・多克碰面。另外，弟弟的房間實在是整理得太乾淨了，可以知道他不是突發奇想而是做好萬全的準備才離開馬克巴雷恩家，前去拔出聖劍。

從出生以來第一次，他對熟識的國王提出抗議。

情緒激動的尚恩・道爾說：

我弟弟安・多克，他太溫柔了不適合拿劍。

除此之外，要說他還有哪些複雜的情緒倒是也說不出來。聖騎士的頭銜，是騎士榮耀中的榮耀。拔出那把劍的，為何不是大哥，也不是自己，而是小弟安・多克呢？

然而國王卻和現在的歐莉葉特一樣，說了是聖劍選擇他的。

（如果是這樣的話——）

得做個決斷才行，尚恩・道爾想。安・多克還沒有進入騎士團接受騎士的封號，雖然在聖騎士的頭銜前那只是無所謂的小事，但要說自己可以幫上什麼忙，那也只有這個了。

從小開始幾度切磋過劍術。然而，安・多克一次也沒有贏過尚恩・道爾。

（試試看贏過我一次吧，安・多克。）

尚恩・道爾就像平常那樣，尋找弟弟的有機可趁之處。

僅僅移動了一下視線，尚恩・道爾就疑惑地皺起眉頭。確實是看慣了的姿勢，也仍有可趁之機，然而……

不知為何，找不到像平常那樣可以攻擊的地方。

（安迪……？）

突然之間，他開始回想自己的弟弟到底長了怎樣的臉呢？是怎樣的眼睛，怎樣的下顎線條……

然而他卻連偷看弟弟的臉都做不到。

先發制人的是安・多克。

「！」

劍上的護手彼此撞擊。

以往數次的交鋒，都沒有受過這樣的重擊。

速度也很快，但是——

不能著急。在眼前的是從出生至今都在一起的，自己的弟弟——

比平常還要銳利數倍的劍鋒，也沒有讓尚恩・道爾失去冷靜。他回以沉重的劍擊，將距離拉開。

但是安・多克立刻又壓迫而來。

安・多克的刀法毫無猶豫，並且也毫不留情。

重複了幾次的交鋒舞劍，在空隙之間，尚恩・道爾確實看見了安・多克的眼睛。

那究竟是多麼專注的眼神呢？他想，那是專心、熱情的視線。

然而，他錯了。

那雙藍色的雙眸並未燃燒著。而是像冰一樣，像是金屬一樣，凍結著。

尚恩・道爾從看慣的弟弟的眼眸中感覺到的——

是寒冷，以及，恐懼。

不停歇的激烈劍擊，歐莉葉特鐵青著臉看著。

（當然不行。）

沒錯，這種事情，不能發生。

（我對於握住劍柄感到恐懼。）

安．多克曾經這樣說。這句話與他現在的勇猛毫無矛盾之處。

歐莉葉特踏出一步。

她認為自己不站出去不行。

——安．多克碰觸歐莉葉特肩膀的手，他的指尖，確實在顫抖著。

彷彿，向她求助一樣。

「！」

右手手背被安．多克的劍強力地擊中。一陣強烈的麻痺，劍被打飛了，尚恩．道爾膝蓋著地。

「！」

他想開口，但是來不及。

揮過來的是安．多克的劍，以及他冰冷的眼神。

尚恩．道爾在這個瞬間做好死亡的覺悟。

想著起碼在最後要閉上眼睛，卻看見黑色的頭髮飛奔進展開的視線中。

擋在尚恩．道爾身前，撲坐在地，大叫著。

安迪！那聲音彷彿悲鳴一般。

然後——

時間停止了。沒有人發出一丁點聲音。就算是一點點的呼吸聲，都會解開此時此處施展開來的纖細魔法般，就連心跳的聲音都停止了。

安．多克的劍鋒，連些微的動靜都沒有，驚險地停在歐莉葉特脖子旁。

沒有人動。不管是安．多克、歐莉葉特，還是尚恩．道爾。

「……到此為止。」

打破沉默的，不是三人中的誰，手握刀刃將其拿起的，不是三人中的誰，另有其人。

是馬克巴雷恩家的長兄，吉爾．歐先。

安．多克顫抖著放下劍，接著，他像是全身力氣用盡般地跪地而坐。

「妳沒事吧？巫女殿下。」

吉爾．歐先以低沉的嗓音問著，將手伸向歐莉葉特。歐莉葉特搖搖頭拒絕他，像是要安撫跪地的安．多克一樣挨到他身邊。

「……你滿意了嗎？尚恩．道爾。」

被兄長這樣一問的馬克巴雷恩家的二哥，血氣盡失的臉上只剩下茫然的表情，他雙手撐地。

「哥哥……」

吉爾．歐先並未伸出手。

「尚恩．道爾啊，你有你的尊嚴，也有自己的劍術與氣概，然而，你的劍和安．多克的劍是不一樣的。」

或許，內心也是不一樣的。

吉爾．歐先靜靜地回頭看著自己的小弟。安．多克將額頭靠在歐莉葉特的肩膀上，看起來非常憔悴。

這一戰，安．多克所持的並不是劍，而是他自己的心。

聽到自己的小弟拔出聖劍，成為聖騎士後，尚恩．道爾去與國王談話，這之後，吉爾．歐先也同樣地去晉見國王。

說也奇怪，他所持的意見與尚恩．道爾恰好相反。

——我的弟弟太過於嚴厲，不適合拿劍。

彷彿要解釋這句話的意思，吉爾．歐先告訴尚恩．道爾。

「你的劍，不過就像做個樣子而已。真正的劍……是殺人的劍。」

馬克巴雷恩的當家歷經無數的戰役，他知道那些戰爭中的鮮血之海。

而尚未去過戰場的貴公子，當然不認識這樣的劍。

而安・多克……吉爾・歐先只能推測。

安・多克所擁有的，是與生俱來的殺人劍法。劍是沒有善惡的，劍本身不會因為殺人而有罪。

所謂的聖劍騎士，對他而言，就是可以毫不猶豫地殺人。那裡當然也沒有什麼騎士精神可言。

正因如此，溫柔的少年為了不傷害周遭的人，才會一直隱藏自己的利爪。

被拔出來的刀刃，一直都被膽小與溫柔的劍鞘所包覆著。

「哥哥，我……」

吉爾・歐先拍拍大受打擊的弟弟的肩膀。

「你還有很多要學的。」

接著他轉向小弟，彎下腰來。

「——我的弟弟失禮了。」

這像是對聖劍巫女說的話，但也像是對聖騎士所說的。

吉爾．歐先就這樣帶著尚恩．道爾準備離去，安．多克對著他的背影說：

「哥哥。」

對著回頭的兩人，他依然腰軟的坐在地板上，雖然臉色蒼白，但還是像平常那樣以輕快的態度聳聳肩，笑了。

「我是否有稍微成為能讓哥哥們感到驕傲的騎士了呢……？」

尚恩．道爾對這句靠不住、溫柔的話語輕輕地點點頭。

「你的確是聖騎士，安迪。是我們的驕傲，以及，這個國家的驕傲。」

吉爾．歐先以低沉的聲音如此輕語。

這就像是道別的招呼一般，安．多克閉上眼睛。

兩人的身影消失之後好一會兒，歐莉葉特和安．多克只是無語地呆坐在庭院之中，歐莉葉特悄悄地握住安．多克的手。只是將手覆蓋在他放在地面的手背上。

雖然有點猶豫，但那隻手已經不再顫抖了。

「……我原本打算殺了尚恩哥。」

「是的。」歐莉葉特點頭。

安．多克翻過手掌心，握住她冰冷柔滑白皙的手。

從神殿出來時沒能握住的手，他以為和自己的手不相稱的手。

安．多克想著那隻手，想著那隻手中流淌的血液與溫暖，空著的另一隻手壓著自己的眼周說：

「我還以為我停不下來了，根本停不下來。因為我根本沒有思考過那種事。拿著劍，殺人，這實在是……」

腦袋中一片空白，被劍法完全控制。對安．多克來說，拿起劍就是這麼一回事。就是自己本身成為劍之刃。

歐莉葉特盯著他的臉，然後慢慢地，呢喃般地對安．多克說：

「……但是，您還是止住劍了。」

「因為我看見妳。」

在揮舞劍的瞬間，安．多克的眼睛，確實看見的不是「要斬殺的目標」，更不是野獸或是人類，而是歐莉葉特。

為了砍下而舉起的劍。本能促使他的身體將之急速揮舞，而同時，他身體中的理性又停住了他的劍。

安．多克的胸口上下起伏，然後以顫抖的聲音說：

「謝謝妳。」

歐莉葉特靜靜地閉上雙眼。

「不必言謝。兄弟相殘這種痛苦的事，本來就不應該發生。若要被您的劍所斬殺……應該是我比較適合。就只是這樣而已。」

「難道說，巫女還扮演了被英雄斬殺的角色嗎？」

否定般打斷她的話，安．多克說：

「我的劍，只能斬殺；我只能殺人……這樣才不是英雄。」

話語喑啞，動搖。

在打算斬殺兄長的那一瞬間，他覺得理所當然，不論將沐浴在多麼腥臭的鮮血之下。只要交鋒必然有一方傷亡，只要被斬殺當然就會死去，這都是理所當然的。

對於毫不猶豫的自己，他感到恐懼。就算有千千萬萬的悔意，在砍下的那一瞬間毫不猶豫的事實，是永遠不會消失的。

用沾了沙的手握住歐莉葉特的手，安・多克痛苦地喘息著說：

「拿著劍的我不過是個狂人。然而，要說我的劍可以守護的——就只有妳。」

不小心說漏嘴的話，讓他非常後悔。然而，他扭曲著表情，邊想著不能將這些話說出口，嘴巴卻停不下來。

「妳就當作玩笑話，聽了就忘了吧。我不想用這些話束縛住妳。我不想當騎士，但是拿著這把劍時我是這樣想的——我果然還是會拿著劍，回到這個國家來。」

他想要拋下這個國家時，覺得就算哥哥們有多失望都沒關係。他也不後悔。然而，在自己體內所流著的血液，就算捨棄劍、捨棄這個國家也無法替換，無論他有多麼逃避敷衍地過活下去。

——然後，不管自己殺了多少人……

他也無法眼睜睜地拋下那位將生涯奉獻給王座的友人，他想。

「就算要殺人，也無所謂了……劍就是為此而打造的。但我就算在戰場上，還是想保有我的人性，就算無法成為英雄也沒關係。不成為聖騎士也無所謂。我要以我自己的意志，為了某件事，為了某個人，去揮舞這把劍。」

就像現在，停下劍，也是為了國家，為了友人。

「……我想要，守護妳。」

只是理想，或是夢想也沒關係。如果說聖劍巫女可以守護祝福聖騎士的話，安．多克的心願只有這個。

聖女以細碎的聲音呼喚他的名字。許許多多飛沫般的情感，從她的黑色眼眸中悄悄浮現出而又迅速消逝。

膽小鬼、卑鄙，雖然歐莉葉特這樣罵他。

但是安．多克是騎士，是聖劍所選中的聖騎士。聖劍不會那麼簡單就讓他被殺掉吧。他應該有無窮的能力吧。

所以安．多克將會投身戰役之中。

殺人，是為了生存下來。歐莉葉特想。

這樣的他，說想要守護某個人。握住劍，揮舞劍，其中的理由，是為了在戰場中保有人性，是為了守護歐莉葉特。

成為聖劍騎士的男人，以及成為巫女的女人的生存方式。這想起來的確是淒美的騎士與巫女的關係，但是……

歐莉葉特失去顏色的嘴唇顫抖著。

「我不知道。」

她喘息著，指甲抓進土裡，睫毛顫抖著。歐莉葉特囁嚅地說：

「上一代的巫女大人說過，她倒臥在病床上，吐著死亡的氣息，重複著每一天……」

那是即將迎來死期的聖劍巫女。一輩子都沒有遇上聖劍騎士，即將老死的可憐女人。那個女人，總是一再重複地，對著歐莉葉特低語：

「妳很美麗，妳擁有很棒的魔力，妳才是聖劍巫女……」

歐莉葉特吐出那彷彿詛咒一般，彷彿魔法一樣的話語。回憶過去，將之述說出口，內心也像是要融化了似地。

於是，一滴眼淚落下。再也無法忍耐，宛如透明血液般的淚滴。

「我必須守護這把劍、這個國家、這裡的人們。」

感情晚了眼淚一步才浮現出來，她崩潰地表情歪斜，嘴唇扭曲。

「所以說，我不知道。」

像是倒在路邊的孩子一樣，像是哭到抽泣的幼兒那樣，歐莉葉特說：

「因為我，從來沒有，被守護過……」

安・多克小心翼翼地將歐莉葉特的頭拉向自己。然後彷彿要以大大的手掌包覆住似地，用心跳的速度，輕輕地、好幾次地撫摸著她的頭髮。

就像收到暗號一樣，歐莉葉特大哭出聲。像個孩子一樣，像個少女一樣。

她是堅強的少女。在逆境中也堅強地佇立著，不自由也依然美麗的少女。不知道曾經有多少人這樣形容過她呢？

這樣的話，又幾度讓她孤單一人呢？

「即使如此，妳還是——」

不讓悲傷滿溢而出，又彷彿要傳達溫暖，安．多克用力地抱住她問：

「愛著這個國家嗎？」

這個問題讓歐莉葉特抬起頭，窺伺地看著聖騎士的臉，被眼淚濡溼的雙眼溫柔地動搖著。

然後，她以冰冷的手撫摸安．多克的臉，慢慢地說：

「您似乎也已經愛上這個國家了。」

這句話讓他嚇了一跳，微微地苦笑著。

尚恩．道爾帶來的劍倒在一旁。安．多克看見後，輕聲地說：

「我已經受夠被傳承玩弄於股掌之間了。聖劍什麼的去吃大便吧，我現在也是這樣想的。但是……」

他垂下眼。

「這把劍，讓妳和我相遇了。」

古老的傳承究竟是在怎樣的打算下賦予聖劍一位巫女，安．多克並不知道，歐莉葉特也不知道。

聖劍所給予的，並非只有戰鬥並生存下去這件事，現在的他已經可以理解了。

安．多克握住歐莉葉特的手，緩緩地輕吻她的手背。

那單薄的背、纖細的肩膀將無形的國家背負在身上，而一隻手握住聖劍。

另一隻手則將她擁入懷中。做好殺人，活下去的覺悟。

祝福的鐘聲響起。

安．多克身穿聖騎士的鎧甲出現在國王面前，就這樣當作典禮已經結束了。新時代的聖騎士只以視線掃視了一下謁見的大廳，看一下參加者。人數很少。過一陣子才會在人民面前正式發表。大臣們、魔法師團團長、騎士團團長等，都是安．多克熟識的勇士們。

國王的話語很沉重，平時安．多克與國王之間那樣的輕鬆氣氛並不存在。

安．多克複誦著別人教他的禮儀詞句。

接著出現的是歐莉葉特，拿著聖劍，穿著漂亮的長袍，恭敬地跟在安．多克身旁。

「我，歐莉葉特．琉蕾，在此發誓。以我之身為鞘，以我之身為糧，以我之身鞠躬盡瘁。」

瓷器般白皙的臉頰，嘴唇上僅有一點朱紅，誦念著誓詞。

「此生結束之前，都將與聖劍共存。」

一邊接下聖劍，安．多克以沒有人聽得見的音量，小聲地說：

「我拒絕。」

歐莉葉特驚訝地圓睜雙眼，安．多克盯著她，說出自己的誓詞。

「我用我的方式生存，妳則要找到妳的生存方式。」

兩人以聖劍相繫，指尖互相觸碰。

對於這個國家來說，聖騎士與聖劍巫女誕生了。

為了參加初次戰役，安．多克騎著馬跟在率領騎士團的團長身旁，歐莉葉特以沉靜的眼神看著這副景象。

「我去去就回來。」

想了半天也想不到還能說什麼，只能以輕快的口吻這麼說。

歐莉葉特點點頭，靜靜地回答。

「……請小心。」

安．多克要讓歐莉葉特安心似地，伸手撫摸她白皙的臉頰，然後開玩笑地說：

「夫人，是否可以給先生一個上戰場的平安之吻呢？」

這個說法讓歐莉葉特淺淺地笑了出來，她回答：

「我還沒有打算成為你的妻子。」

「嘖，也差不多該屈服了吧。」

兩個人的生活已經漸漸地上了軌道。打開籠門被釋放的籠中之鳥，在幾次的離籠之中，逐漸將鳥籠改造成住起來很舒服的新巢。只是，至今還沒有承認所謂的伴侶關係。

兩人共同生活，吃一樣的食物，相視而笑。

或許是對自己無法生育的身體感到羞恥吧，安．多克並不是不知道這一點，但他認為這並不構成拒絕求婚的理由。

要像自己孩子那樣守護的東西已經握在掌心，在兩人合握的手裡。

「我會把麻煩的事情快速了結，盡快回來。」

對於不應從聖騎士嘴裡說出的話，歐莉葉特抬起下顎說：

「工作不要偷懶，不要給其他騎士添麻煩。」

「我知道啦！」

看著為了躲避責罵而啪噠啪噠甩著手的安．多克，歐莉葉特笑了。

這個笑容很柔和、很美麗，讓人不禁為了即將開始的短暫別離而感到心痛。

「……那麼，再見了。」

為了揮開依依不捨之情而背對著的他，歐莉葉特朗聲說：

「安迪。」

他回頭。歐莉葉特朝他伸出手，他也回應似地向她伸出手。

將相連著的手往自己拉近，垂下雙眼的歐莉葉特親吻了他的手背。是握住劍的那隻手，接下來將會被鮮血沾染的手。

「我，歐莉葉特．馬克巴雷恩，在此發誓。」

這平靜的聲音讓安．多克驚訝地張大雙眼。

歐莉葉特抬起臉，看向他的眼睛。接著，重複她熟悉的誓詞。那是安．多克曾經拒絕過的誓詞。

「以我之身為鞘，以我之身為糧，以我之身鞠躬盡瘁。」

微笑著輕語。這不是儀式，而是只屬於兩人的諾言。

「——此生結束之前，都將與你共存。」

誓言彷彿鳥鳴悠揚婉轉。

聖劍選出騎士，轉眼間已過了十餘年。

過去曾經想要捨棄國家去旅行的青年，成為國家象徵的聖騎士，而身上帶有被詛咒的花紋，但是四肢有力的少年，以下一任國王的身分迎娶王妃。

這個國家，很快就會有新的國王。

而聖劍騎士與聖劍巫女，現在正朝某個大業而前進。

「喂，停下來！你給我等一下！」

歐莉葉特難得地叫喊著在市場奔跑。她那極富女人味的美貌依舊，更因為人生的深度而更添豔麗，越來越美的她，現在的表情不是聖女，而只是一位女性。市場的人們都笑著說：

「什麼啊，又是歐莉葉特大人啊？」

「好像是呢，喂！小朋友往那邊跑了喔——」

守護這個國家的聖騎士與巫女，現在正撫育著一個少年。

是年幼的孩子。黑髮與歐莉葉特相似，眼睛、嘴巴等則很像安迪，街上的人們如此口耳相傳，但大家都知道，這不是兩人所生的孩子。同時，這件事也一點都不重要。全國人民都覺得，不論是在怎樣的命運，怎樣的緣分下，只要巫女有視如己出的孩子，那也就是兩人的孩子了。

孩子一下就長到令人煩惱的年紀，抓準雙親沒發現時逃出家門，然後就演變成現在這樣你追我跑的狀況了。

這一天，在市場跑來跑去的小小身影之後，出現一個人影抱住了他。

「抓到你了。」

開朗的聲音傳來，少年驚訝地抬起臉，然後說：

「爸爸！」

離家的聖騎士回來了。街上的人群瞬間沸騰起來。

「安迪！」

「你回來了啊！」

「是啊，才剛回來。又把媽媽耍得團團轉啦？木葉。這次又是什麼事啊？」

安‧多克蹲下身來，讓嬌小的少年坐上自己的肩。少年名叫木葉。追著而來的歐莉葉特兩手扠著腰，在說「你回來啦」之前，先說：

「這個孩子真是的，又翹了魔法課跑出來。」

木葉抓著安‧多克的頭髮，得意洋洋地說：

「我要成為騎士！要成為像爸爸這樣的聖騎士，所以才不需要讀書咧！」

這個豪氣萬千的夢想，讓街上的人拍手歡騰。安‧多克也很愉快似地笑著，然而，只是笑著而已。

這個反應讓木葉露出憤怒不平的表情。

最近，木葉對於養育自己長大的雙親抱持不滿。

安‧多克和歐莉葉特每天都對他傾注滿溢而出的愛情，然而，兩人卻從未說過，希望木葉長大後要做些什麼。

明明是本國最神聖的騎士的小孩，明明是本國最神聖的巫女的小孩。卻連一次都沒跟他說過，你要成為魔法師唷，或是你要成為騎士喔。

木葉想，一定是因為自己不是兩人「真正的」孩子才會這樣。

（如果我是爸爸媽媽真正的孩子，他們會要我成為騎士嗎？或是要我成為魔法師呢？）

相較於常常不在家的安．多克，歐莉葉特可說是片刻不離身邊。對此事常感鬱悶的木葉，與歐莉葉特在今年進行第十幾次的大吵一架之後，飛奔離開大大的宅邸。

（媽媽什麼都不知道！）

大步大步走在城下的街道，彷彿走在自家庭院般的木葉想著。

（我也可以成為騎士！當然也可以成為魔法師！）

少年想，如果大家都希望他成為那樣的人，他就要成為那樣的存在。這樣他才能抬頭挺胸，成為人人景仰的雙親的孩子。

為了證明這件事，木葉正前往某個地方。

住在列德亞克王國的孩子們，有絕對不能觸碰的禁忌。

那是國家旁邊的夜之森。絕對不能踏入那座森林中。

那裡棲息著很可怕的魔物。

曾經有小孩在那裡迷路，結果兩手兩腳被鎖綁住，還被魔物吃掉了。

這是流傳在孩子們之間的傳聞，安．多克聽了只是開朗地笑了。木葉想，可以這樣一笑置之，是因為父親是強大的騎士；而我，則是這個騎士的孩子。

另外，孩子們之間的傳聞還有這樣的內容。

森林中盛開著紅色花朵，能夠把這種花摘來的人，就能成為國家的英雄。

只要能做到這件事，父親一定也會認同自己。

木葉如此深信不疑，帶著一盞燈，以及鍛鍊用的假劍，踏進夜之森中，絲毫不知這個行為有多麼可怕——

初次進入的森林實在非常黑暗。邊鼓舞著自己，邊跨大步走著的木葉，很快地就縮起身子拱起背，臉上也露出膽怯的表情。

溫暖的強風吹來，葉子摩擦的聲音紛擾不已，那是彷彿什麼東西在低吼的聲音。

——是小孩啊。

木葉嚇了一跳巡視四周，在黑暗之中傳來拍振翅膀的聲音。風咻咻咻地吹過……

小孩。

是人類的孩子。

真不錯——

不該聽見的聲音，低吟著，那就是魔物嗎？木葉的腳步自然而然地加快。求救般地抬頭看著天上。

在夜之森中浮現的月亮，比人類街道上看見的大多了。在大大的月亮前方，本來以為是大樹的陰影，卻搖搖晃晃地動著。

討厭。

（那個，不是樹……）

與人類肌膚不同的觸感，比所有野獸都要多的觸手，以及大大的魔物的眼睛，捕捉到了木葉。

「嗚、嗚哇……」

木葉的身體大大地顫抖了一下，想要逃跑但是膝蓋卻無力到無法逃跑。他鐵青著臉，想把劍丟出去抓著燈逃跑時，他發現了。

在自己的背後，就是夜晚的黑暗。

根本找不到來時路。

邊發出恐懼的聲音，邊漫無目的地跑著。被他的聲音引誘似地，黑暗蠢蠢欲動，越變越大。

下一個瞬間，被大大的樹根絆住腳，木葉跌倒了。帶來的燈也打翻了，燈火熄滅後他的淚水也浮了上來。

「嗚，嗚——」

爸爸。

媽媽……

他無聲地吶喊著。就在此時——

有什麼輕輕地抱住木葉。

不知道是什麼。四周滿是夜晚的黑暗，而輕柔地抱住他的——是羽毛，是翅膀。散發出魔物特有的氣味，然而，卻不會讓人覺得可怕。

一片黑暗之中，有聲音響起。不是在耳朵邊，而是直接在腦海中。

（回去城鎮裡。）

溫柔而柔和的聲音。很像，非常像。

像是他在床上聽到的，媽媽所唱的搖籃曲。

（謝謝你來這裡。）

那個聲音聽起來在微笑。在黑暗中，浮現了不可思議的花紋。

然後，月亮，變成兩個。

啊啊，在夜之森中浮現的月亮——

（晚安，木葉。）

羽毛般的手蓋住他的眼睛，讓他閉上雙眼。最後，低語呢喃著最後一句話。

（我可愛的孩子啊——）

和緩、溫柔的睡眠，降臨在木葉身上。落入夢鄉的瞬間，不知為何，浮現一段他更小的時候、更久遠以前的記憶。

他鑽入父親的床，父親告訴他的，真正的父親與真正的母親的故事。

『生下你的母親，以及父親，都真的很愛你唷。』

這種事情無所謂吧，那時的木葉是這樣想的。因為對我來說，我是媽媽的，我是爸爸的。

然而，安．多克聽了他的話後笑了，然後沉穩地說：

『他們真的很愛你，現在也很愛你。只要你知道他們的存在我就很高興了。他們愛著你，但是，他們是如此希望的——希望小小的你，以人類的身分活下去。』

對人類來說有人類的幸福吧。

我們從來沒有想要過那些東西。

如果有一天，這個孩子想要那樣的幸福，我們希望他在可以得到那種幸福的地方生活。

這是木葉的父親與母親的願望，是他們的祈禱。

那時木葉聽得不是很懂，現在也還是一知半解。但說不定，就是這麼一回事吧。木葉邊緊緊地回抱夜晚邊這麼想著。

木葉下一次睜開眼睛時，不是在夜之森中，更不是在魔物的肚子裡，而是在父親寬闊的背上。

看來木葉在森林入口睡著了。被這麼一說，就不可思議地覺得一切都是在作夢。

畢竟，熄滅的燈以及練習用的假劍，都還是在父親的手中。

媽媽呢？木葉問。安・多克笑著說「超級生氣的喔」，木葉忍不住打了個寒顫。

「明天和爸爸一起去買花吧，放心，爸爸會陪你一起道歉。」

在這麼說著的安・多克背上的木葉，望著月亮說：

「爸爸。」

如夢境般的夜之森，想著在那裡發生的事情，然後，他很自然地開口：

「——我要成為守護那座森林的人。」

持劍保護某個人。

使用魔法守護某個事物。

從未這樣想過的少年，第一次率直地在心中抱持這樣的心願。

聽了木葉的話，安・多克也一樣抬起頭看著月亮，簡短地回答：

「這樣啊。」

這樣啊，你要選擇這樣的生存方式嗎？

自此開始的數百年，列德亞克王國中守護夜之森的一族就此誕生。

這個國家的繁榮——這個國家的傳說——將與夜之森一同持續下去。

END

後記 ——作為一種傳承——

《角鴞與夜之王》在電擊文庫出版，是二〇〇七年二月的事情＊註4。

這是我身為投稿者的終點，也是我身為作家的起點，這次出版，給了我許多無法言語的耀眼禮物。

那之後過了十五年。我在當時的〈後記〉中寫著，「這個故事被忘記也無所謂」，但卻並非如此。無法如此呢。這是很不可思議，讓人忍不住想哭，很溫暖的心情。

我聽到「將角鴞重新出版如何？」時，要說毫無抵抗是騙人的。就算毫無改變更新，角鴞也已經得到充分的愛了。現在也還是被愛著。我原本覺得，她以這樣的姿態、這樣的形式，已經無法再得到更多的愛了。

但是，以新的形式推出，或許能與新的誰相遇吧。這樣也是一種幸福。要是有人說喜歡以前的角鴞，那樣也很幸福。我想，這個故事已經擁有這樣的彈性與強韌了。

這次收錄了前日談，而以前覺得不會寫的「那之後的故事」，這次也以前日談的追加故事形式放了進來。

角鴞與夜之王，在那之後怎麼樣了呢？

有好長一段時間，我覺得要寫這個似乎太過頭了。在所有讀過故事，擁抱過那個孩子的人的心中，如果能知道二人的去向會是好事吧。

這樣的心情，至今未變。

然而，並非狹義地就此確定了未來，而是或許，作為一個可能。趁這個好不容易得到的機會，就此寫出來也不錯吧。

經過了十五年的歲月，我可以寫出來了吧。

從那一天起，小小的角鴞帶給我一道光，我打從心底感謝所有人。

小小的可愛的妳，總是陪在我身邊。

總是和大家在一起呢。從那時到現在，以及，從現在到未來。

紅玉いづき

註4　此為日本出版情況。

國家圖書館出版品預行編目資料

角鴞與夜之王 (完全版) / 紅玉いづき作 ;
Miyako, 米宇譯 . -- 初版 . -- 臺北市 :
臺灣角川股份有限公司 , 2024.05
面 ; 公分
譯自 : ミミズクと夜の王 完全版
ISBN 978-626-378-995-1(平裝)

861.57 113003466

角鴞與夜之王　完全版

原著名＊ミミズクと夜の王 完全版

作　　者＊紅玉いづき
譯　　者＊Miyako、米宇

2024年5月27日　初版第1刷發行

發 行 人＊台灣角川股份有限公司
總　　監＊呂慧君
總 編 輯＊蔡佩芬
主　　編＊李維莉
美術設計＊邱靖婷
印　　務＊李明修（主任）、張加恩（主任）、張凱棋、潘尚琪

台灣角川

發 行 所＊台灣角川股份有限公司
地　　址＊104台北市中山區松江路223號3樓
電　　話＊（02）2515-3000
傳　　真＊（02）2515-0033
網　　址＊http://www.kadokawa.com.tw
劃撥帳戶＊台灣角川股份有限公司
劃撥帳號＊19487412
法律顧問＊有澤法律事務所
製　　版＊尚騰印刷事業有限公司
I S B N＊978-626-378-995-1